La mitad del alma

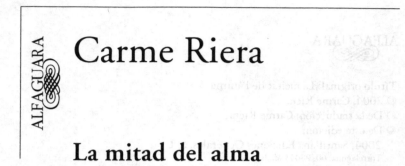

Carme Riera

La mitad del alma

Título original: La meitat de l'ànima
© 2004, Carme Riera
© De la traducción: Carme Riera
© De esta edición:
    2004, Santillana Ediciones Generales, S. L.
    Torrelaguna, 60. 28043 Madrid
    Teléfono 91 744 90 60
    Telefax 91 744 92 24
    www.alfaguara.com

ISBN: 84-204-2876-0
Depósito legal: M. 39.452-2004
Impreso en España - Printed in Spain

Diseño:
Proyecto de Enric Satué

© Fotografía de cubierta:
    Eloi Bonjoch

Impreso en el mes de noviembre de 2004
en los Talleres Gráficos de Palgraphic, S. A.,
Humanes, Madrid (España)

A mi madre

La mujer que está a punto de bajar del tren, con una maleta de cuero en la mano, lleva un abrigo cruzado de solapas anchas, azul marino, y un sombrero escaso y circunstancial, más adecuado para cumplir con una moda lejana que con un invierno frío como el de 1959.

La estación, en la que acaba de detenerse el expreso, inhóspita y destartalada, si no fuera por la enorme cúpula metálica, las densas moles de las construcciones aduaneras y las numerosas vías, parecería de repertorio. Una estación demasiado semejante a cualquier otra de la época para que su vocación internacional pueda redimirla de un entorno de mugre. Por eso, quizá, no merece la pena que pierda ni una línea en referirme al denso olor a carbonilla, a las desvencijadas marquesinas llenas de grietas ni a las paredes desconchadas o con grandes moratones para que usted se haga una idea del lugar. Le confieso que mucho más que en la estación, me gustaría que se fijara en la figura de esa mujer que acaba de bajar del tren en una ciudad que no es la suya, donde probablemente no conoce a nadie, donde no sabemos si alguien la espera. Ignoro si el andén está lleno o si, por el contrario, no hay un alma y, aunque la circunstancia sí tiene interés —¡ojalá hubiera mucha gente!—, me pregunto si vale la pena tomar el detalle en consideración.

Si el andén está vacío, la mujer arrastra a ratos la maleta, otros se detiene para cambiarla de mano y descansar unos instantes. Si el andén está lleno, la mujer trata de abrirse paso dándose toda la prisa que le permiten sus pocas fuerzas, procurando esquivar a los viajeros que corren en sentido opuesto para no perder el tren, que está a punto de salir, procurando no ser atropellada por los que como ella acaban de llegar. Sin embargo, el hecho de estar sola o rodeada de gente apenas cambia nada. No modifica su expresión abstraída ni su voluntad de seguir adelante. Si nos acercáramos, veríamos que, bajo sus ojos, de un verde indeciso, lleva tatuado un cansancio violeta. Sin embargo, la belleza de su cara golpea la retina de los más observadores que, a pesar de su prisa, aminoran el paso y vuelven la cabeza para mirarla de nuevo.

Si el andén está lleno, puede que alguien, entre los recién llegados, se le ofrezca para llevarle la maleta y acompañarla hasta el hotel. Pero ella, seguramente, seguirá adelante haciendo caso omiso de ayudas y proposiciones. Antes de salir mirará el reloj que pende de una viga, un reloj grande y enlutado, en cuya esfera, orlada por un marco también negro, las agujas señalan una hora imposible, y consultará el suyo de pulsera para comprobar que las manecillas del reloj ferroviario se confunden. La oscuridad es demasiado densa para que sean las seis de la mañana o de la tarde ya que la estación no está situada en ninguna ciudad del norte de Europa, donde el sol se permite llevar vida de convaleciente: se levanta tarde, casi a mediodía y se acuesta después de comer. Aquí si algo sobra es luz. Pero ahora es de noche, más de las diez, como ha podido comprobar ella en su reloj y yo en el mío, y por eso es necesario que deje de escribir, recoja mis pertenencias y me prepare, tal y como indica a los viajeros la voz que anuncia, entre el rechinar de los frenos del expreso, que estamos llegando a Portbou.

Así, camino de Portbou, con la intención de buscar unas coordenadas parecidas que me permitieran incidir en algunos puntos de similitud, empecé a escribir esta historia. Sin embargo, le confieso que por entonces me aferraba a la esperanza de no tener que contársela, de poder interrumpirla en cualquier momento, feliz de haber encontrado el motivo que convertiría estas páginas en inútiles. Tenía la intuición de que sería de Portbou, o de sus alrededores, la única persona que podría darme referencias de la mujer del abrigo azul y el sombrero escaso. Estaba segura de que si me veía, si volvía a verme por la calle, en la playa, en el puerto, comiendo o cenando en el España o en La Masía, caería en la tentación de acercárseme, como hizo en Barcelona hace casi dos años, y contestaría a mis preguntas sin hacerse de rogar. Pero por si me equivocaba buscándole en Portbou, por si no llegaba a encontrarle, continuaba tratando de rehacer los pasos de la mujer que la noche del 30 de diciembre de 1959 bajó de un tren procedente de Barcelona y dejó constancia de ello en una carta.

Amor mío —escribió—, estoy en Portbou. Son casi las doce. Al bajar del expreso de Barcelona, no hace ni dos horas, he comprobado que el reloj de la estación estaba parado a las seis y lo he tomado por una buena señal. Todo cuanto no marque nuestra hora está fuera del tiempo y fuera de nuestro tiempo nada me importa. Llevo el abrigo azul y el sombrero del mismo color que tanto te gustaba. Hace frío. Me he vestido como cuando nos conocimos para enlazar directamente con aquellos días, como si el tiempo transcurrido desde entonces no contara, como si nunca hubiera pasado...

Es poco probable, casi diría que imposible, que usted estuviera allí, en la estación de Portbou, hace más de cuarenta años y por algún azar maravilloso además de fijarse en aquella mujer, como los que se volvían para mirarla, hubiera llegado a trabar relación con ella. Pero tal vez pudiera ser usted la persona que después de comprobar su identidad, y darle la llave, la acompañó hasta su cuarto. Quizá usted, a quien no he podido encontrar en ninguno de los hoteles abiertos porque ya no trabaja y se dedica a sus ocios, entre los que destaca la lectura, era entonces el dueño, el recepcionista, la encargada de un hostal que ya no existe, de un hotel cerrado hace décadas, en la actualidad reconvertido en apartamentos, cuyo nombre, Hotel de Francia, y dirección figuran en un viejo listín telefónico. Ojalá que a pesar del tiempo transcurrido no haya olvidado a los huéspedes que, por sus especiales características, destacaban entre la mayoría anodina de clientes, como sería el caso de la mujer del abrigo cruzado y el sombrero ocasional, y pueda darme algún detalle, algún dato de los muchos que desconozco.

O usted pudo ser testigo del encuentro con el hombre a quien sospecho había ido a buscar, si no a Portbou, a cualquier otro lugar de la Provenza, probablemente a Avignon y se acuerde de cómo era o sea capaz de identificarle. Aunque será mejor que no me haga ilusiones. Cuarenta años son demasiados para que alguien conserve memoria de pormenores que no le conciernen, fuera hotelero, recepcionista o simple paseante. Además por aquel entonces usted que me lee quizá no había nacido. Y si lo había hecho, si tenía usted los años suficientes para andar por el mundo, seguro que nada se le había perdido en Avignon o en Portbou. Menos aún en la estación fronteriza, el miércoles 30 de diciembre de 1959. Ha contemplado, eso sí, una secuencia semejante en alguna película o incluso ha podido leer una descripción parecida en cualquier novela, ya que hay muchas por las que transitan trenes. La escena, además, no tiene nada de extraordinario y si no fuera por la indumentaria de esa mujer, por el sombrero en desuso y la maleta de cuero demasiado grande y sin ruedas, cuyo peso llama la atención, usted mismo aseguraría que en cualquier andén de sus viajes se ha encontrado con una mujer joven y guapa arrastrando el equipaje. Yo, al menos, he visto muchas. Hace casi dos años que soy adicta a las estaciones, en especial a las del sur de Francia, a los trenes que enlazan Barcelona con Portbou y a los que desde Portbou van a Montpellier y luego pasan por Avignon, un itinerario que he recorrido de manera obsesiva. Hace casi dos años que me dedico exclusivamente a buscar el rastro dejado por una mujer llamada Cecilia Balaguer entre el 30 de diciembre de 1959 y el 4 de enero 1960, fecha de su muerte.

Durante una larga etapa soñé casi cada noche con una mujer que bajaba de un tren, una mujer que algunas veces tenía los rasgos de mi propia madre y otras era una desconocida que se había apoderado de su maleta de cuero de color miel y del abrigo azul marino que solía llevar cuando viajaba. Pero mi sueño no proseguía. Terminaba así, bruscamente, entre niebla y carbonilla ferroviarias, y jamás conseguía saber hacia dónde iba la mujer del abrigo azul y la maleta, si regresaba a casa o si, por el contrario, había llegado a un lejano lugar del que nunca habría de volver.

Los sueños forman parte de nosotros mismos, los segregamos como el sudor o las lágrimas y, como el sudor y las lágrimas, son síntoma de nuestro estado de ánimo. Y yo empecé a soñar con una mujer que bajaba de un tren a partir del momento en que la abuela me dijo que mamá no volvería de su viaje. Mucho tiempo después, cuando empecé a escribir, a menudo, una mujer que acababa de bajar de un tren solía cruzar mis relatos. El personaje conseguía colarse en mis narraciones sin que lo hubiera previsto, ni tuviera pensado asignarle función o papel. Harta de su inútil presencia intenté ahuyentarla muchas veces, siempre en vano. Entonces decidí cambiar de táctica, acompañándola adondequiera que fuese pero, al salir de la estación la perdía. Y, sin saber qué rumbo tomaba, me era muy difícil permitirle que protagonizara una situación que me sirviera de punto de partida para desarrollar una historia con un cierto sentido, por tópica que pudiera resultar —la historia de la espía, de la amante, de la traficante o de la estraperlista—, ya que esa mujer no era un personaje de mi invención sino alguien impuesto desde fuera, un ser real, de carne y hueso, como usted o como yo. Tal vez ya no existía pero había existido, de eso estaba absolutamente segura, porque no en vano, en el sueño, se apropiaba del rostro de mi madre muerta. Actualmente, cuento con el fragmento de una carta inacabada, que he transcrito para usted en la página once, y que guarda una estrecha relación de similitud con el sueño reiterado del que también le he hecho partícipe.

Escribir sobre uno mismo no es fácil, al menos a mí no me lo parece. Hasta ahora el temor a la impudicia, a mi entender tan próxima a la obscenidad, me ha impedido involucrar mi yo en mis textos, haciendo referencia a mis sentimientos, pero en estas páginas no puedo dejar de hablar en nombre propio. Agotadas todas las posibilidades —búsqueda minuciosa en los archivos, registros y hemerotecas, difusión en la prensa, radio y televisión, entrevistas con gentes diversas—, no me queda otro remedio que utilizar este libro para llamar la atención sobre el caso de Cecilia Balaguer, que es también mi caso. Para conseguir saber cuánto hay de verdad en la historia que voy a contarle, para que usted me ayude a descubrirla, no tengo más opción que hacer público lo que hasta ahora siempre había considerado privado. Por más vergonzoso o humillante que me resulte, no puedo dejar de hablar de la intimidad familiar, en la que se involucran personas de mi entorno a quienes quizá no les guste ver sus nombres en letras de molde. Les pido perdón por anticipado, sin embargo creo que emplear nombres ficticios, esconder unos hechos, escamotear otros u ofrecer datos falsos no tendría ningún sentido.

A menudo, a lo largo de mi ya dilatada vida de escritora, como todos los que nos dedicamos con mayor o menor fortuna a este oficio, me he visto obligada a contestar a la pregunta de por qué escribo, cuál es el móvil o los móviles que durante todos estos años, más de veinte, me han impulsado a escribir. Y siempre he dado respuestas parecidas, a las que he ido superponiendo —según la ocasión, según el lugar donde me encontrara, según el público que tuviera delante o la supuesta cultura del entrevistador— opiniones ajenas en las que apoyar las propias. Digamos que para curarme en salud casi siempre he echado mano de citas. Auden, Hölderlin, Vargas Llosa... me han servido de apoyo, sin que nadie se diera cuenta, para sostener mis afirmaciones. Ignoraba entonces hasta qué punto frases como «escribo para ahuyentar los fantasmas y clarificar la realidad», «escribo para tratar de entenderme y entender a los demás» o «escribo para escapar de tanta miseria» dejarían de ser propósitos literarios más o menos afortunados para convertirse en la razón principalísima de mi escritura, a la que me empuja la acuciante necesidad de ir al encuentro de un destinatario real, una persona concreta a quien estas páginas se dirigen puesto que en su busca van todas y cada una de mis palabras, después de que cualquier pesquisa emprendida durante este último año haya resultado inútil. Antes me conformaba con establecer un contacto remoto con unos lectores indeterminados casi siempre desconocidos, a los que trataba de ofrecer una complicidad momentánea con un tacto hecho palabras. En ninguno de mis libros me había dirigido de manera tan directa al público, ni nunca había sentido la necesidad de ir al encuentro de alguien para pedirle que me leyera, como me veo forzada a hacer ahora, rogándole que, por favor, no abandone estas páginas, no fuera a ser que usted, que tú pudieras conducirme hasta la persona que busco, o quizá ofrecerme las pistas necesarias para llegar hasta ella. Si fuera así, no dudes —no dude— en hacérmelo saber. En la editorial, cuyas señas igual que el teléfono aparecen junto a los títulos de crédito, le pondrán en contacto conmigo y yo prometo que sabré compensar debidamente su ayuda.

No me refiero sólo a la posibilidad de que usted estuviera en la estación de Portbou aquella noche de diciembre de 1959, o a que en los días siguientes se hubiera encontrado con ella, con Cecilia Balaguer o con Celia Ballester —también utilizaba este nombre—, o a que la hubiera conocido antes, en Barcelona, durante la República, o en la Francia ocupada cuando ella vivió allí o después de su retorno a Cataluña, soltera o ya casada; también me refiero a que fuera usted una de las personas que el 23 de abril de 2001 se acercaron al stand que la librería Catalonia instaló en la esquina del Paseo de Gracia con la calle Caspe de Barcelona y se hubiera fijado en el hombre que me esperaba, el hombre del que apenas puedo darle indicios y del que sólo sé el nombre —si es que, en efecto, es el suyo—, Luis, Luis G. ¿Será la G la letra inicial de su apellido? ¿O será la G de Gonzaga, como escribían antes algunos Luises para diferenciarse de los Luises franceses, los que celebraban su santo no en junio sino en agosto, el día de San Luis Rey de Francia? En cuanto a sus características físicas, apenas entrevistas, me parecieron anodinas y por eso no puedo describirlas con ningún rasgo sobresaliente que, sin duda, ayudaría a su identificación. Una estatura media, edad igualmente media, pelo entrecano, ojos marrones, miopes, tras unas gafas de montura vulgar de poco sirven a la hora de individualizar a alguien tan parecido a la inmensa mayoría de los ciudadanos, nacidos por la misma época de estraperlo y racionamiento. Su voz tampoco le distinguía de un modo particular. A pesar de la frase poco adecuada con que me interpeló, su tono, más bien bajo y grave, no resultaba desagradable. Por la manera como pronunció las vocales intuí que quizá procedía del Alto Ampurdán o que al menos había vivido allí durante la infancia, que es cuando nuestra habla se permeabiliza del entorno, algo que no suele ocurrir de mayores. Debía de vestir, creo, porque confieso que todavía me fijé menos, de manera común aunque no sé si llevaba corbata y americana o jersey y cazadora. Podría ser —aunque el Día del Libro de 2001 amaneció despejado, la primavera es variable, ya se sabe— que, en previsión de algún chubasco, se hubiera puesto una gabardina liviana, igual que yo. Ofrecí todas esas referencias a las dependientas, a la cajera, al encargado de la librería por si le conocían, por si acaso se trataba de un cliente habitual, pero nadie parecía haber reparado en él.

Pregunté a mis compañeros de firma, Quim Monzó y Jaume Cabré. Ninguno de los dos recordaba a una persona tan poco memorable como era la que yo trataba de identificar. Telefoneé también a los escritores que tenían turno antes de nosotros: una señora que había cocinado un libro de platos afrodisíacos con recetas idóneas para cada circunstancia, incluso la de impotencia, cuyo éxito pregonaba de antemano la televisión, y Eduardo Mendoza, que, como todos los años, había batido récords de colas y todavía seguía allí, rodeado de admiradoras, cuando yo llegué. Tanto la cocinera como Mendoza fueron amabilísimos aunque ninguno de los dos había tenido tiempo de fijarse en alguna otra persona distinta del dios verdadero de sus lectores. Era absurdo por mi parte que yo pretendiera que me dieran razón de un desconocido que no les pertenecía. Pero la autora del libro de cocina, que, por lo que barrunto, debe de tener mi edad, me ofreció una pista importante. Me aseguró que un señor le había preguntado si ella era yo y, después de disculparse por el error, le había dicho que no me conocía y que me esperaba para darme un recado. Supongo que ese ser anodino —tampoco fue capaz de describirlo la autora del recetario— es el hombre a quien necesito encontrar aunque sólo sea el eslabón para llegar hasta quien me lo envió.

Por eso me dirijo, en primer lugar, a todas las personas que la tarde del 23 de abril de 2001 estaban en el stand de la librería Catalonia, las personas que pudieron fijarse en el hombre que me esperaba, que nunca me había visto y desconocía de mí cualquier rasgo que no fuera, supongo, mi nombre y apellidos, mi profesión y antecedentes familiares. Elementos que yo, por el contrario, desconozco de él porque al darme una tarjeta con su nombre y dirección no pude resistir el impulso de romperla. De cuanto ignoro me culpo a mí misma por no haberle prestado atención. Lo poco que sé —que no me conocía y que me aguardaba desde hacía rato— se lo debo a mi colega. En efecto, debió de esperarme una hora por lo menos porque me retrasé. Según el orden del día que aparecía en la prensa, yo firmaba de siete a ocho en la librería Catalonia y de seis a siete lo hacía en Áncora y Delfín, que queda en la otra punta de Barcelona.

El Día del Libro la aglomeración empieza muy temprano y desde entonces y hasta la noche transitar por las calles de la ciudad, en coche o a pie, resulta lento y engorroso en extremo. El centro, especialmente, se convierte a primera hora en un enorme patio de vecindad, en un patio de recreo invadido, en gran parte, por escolares en día de semiasueto, por clubs de amas de casa, jubilados y, por supuesto, turistas —principalmente japoneses— atraídos por la celebración que tratan de abrirse paso entre tenderetes de libros y vendedores de rosas. A medida que el día avanza, el público cambia pero no decrece. Nadie puede resistir la tentación de salir a la calle para cumplir con el precepto de comprar un libro y una rosa precisamente el 23 de abril porque de no hacerlo, de no respetar la tradición —somos gregarios, ¡qué duda cabe!— quién sabe qué terrible maldición atraeríamos sobre nuestras cabezas, aunque fuera una maldición cultural, siempre más llevadera. Llegué, pues, con retraso. Me excusé ante la docena de personas que habían tenido la amabilidad de esperarme, muy pocas comparadas con las que todavía desfilaban por delante de mis colegas. Y por hacerme perdonar el plantón, del todo involuntario, me puse a firmar casi maquinalmente, con prisa, para resarcir en lo posible a los lectores que, con tanta amabilidad, me aguardaban, sin fijarme en nada más y olvidándome, incluso, de lo poco que me gustaba cumplir con aquel ritual. Consideraba, lo sigo considerando, que el Día del Libro nada tiene que ver con la literatura, que, a mi entender, es cosa muy distinta a la adquisición compulsiva de un volumen cualquiera, con recetas de autoayuda o bricolaje, por muy importantes que puedan ser, en algún caso, títulos como

Alimentos con fibra, consejos para vencer el estreñimiento y superfluos otros como *El Quijote,* y por eso me había prometido a mí misma que aquél sería el último Sant Jordi en el que participaría. Lo hacía a ruegos de mi editor, que trataba de promocionar mi novela, publicada apenas un mes antes, justo para que los distribuidores pudieran enviarla a los libreros y éstos tuvieran tiempo de desempaquetar los ejemplares y colocarlos en un lugar, si no preeminente —eso quedaba reservado a los best sellers mundiales y, además, previo pago, según cuentan—, por lo menos visible, entre las novedades. Se trataba de asegurar así una calificación notable en la lista de libros más vendidos de la jornada para que sirviera de reclamo posterior y la mercancía aguantara aún algunas semanas en las librerías. De lo contrario, se producirían las devoluciones en cadena que obligarían a las tan temidas decapitaciones. Apenas unos pocos ejemplares vendidos se salvarían del terrible índice del mercado, de su censura negativa. El tribunal es el público, que juzga por omisión y, a falta de hoguera inquisitorial, usa la guillotina. Son muchos los libros que pasan recién nacidos a los mataderos secretos de los grandes grupos editoriales...

Ante una perspectiva tan esperanzada me costaba un gran esfuerzo el paripé de tener que patearme la ciudad de librería en librería o de mostrador en mostrador —como en *Tatuaje,* aunque cambiando al atractivo canalla de la letra de la canción por una especie de súplica a la violetera: «Cómprame usted este librito...»—, y además me producía un pánico cerval, un pánico enfermizo pensar que probablemente todo aquel esfuerzo sería inútil. ¿Por qué razón, entre las miles de novedades, alguien habría de inclinarse por escoger la que llevaba mi nombre impreso en la portada si no había ganado ningún premio ni ofrecía el reclamo de un viaje al Caribe, ni entre sus páginas había vales para descuentos en el supermercado o en la gasolinera? Podía ocurrir, por tanto, que nadie se fijara en mi libro, que nadie se acercara a pedir una firma, con lo cual acabaría la jornada con la autoestima por los suelos. Era, soy, ya demasiado vieja para tomármelo con humor y tratar de despachar ollas exprés en vez de libros, como me ocurrió en los comienzos de mi carrera literaria en unos grandes almacenes, cuando una insistente señora se obstinó en que le cambiara por otra más grande la Magefesa que, juraba por sus muertos, yo le había vendido el día anterior.

Temía también —lo había soñado repetidas veces— que si, por uno de esos azares positivos, el público se mostraba benévolo, como me estaba ocurriendo en el tenderete de la librería Catalonia —una docena de personas esperando no estaba del todo mal—, yo habría de obsequiarles con una salva de dientes, colmillos y muelas que, a medida que hablaba, a medida que preguntaba «¿A quién se la dedico? ¿Es para usted? ¿Cómo se llama?», saldrían disparados contra sus caras, rebotarían sobre sus chaquetas, faldas o pantalones antes de llegar al suelo y yo me moriría abochornada de tanto ridículo. Dicen que soñar que se te caen los dientes tiene que ver con la impotencia... Sin embargo en mi caso me parecía indicativo del estado de pánico en el que el Día del Libro me sumía, me sume aún. No obstante el próximo 23 de abril seré yo la que insista ante el editor en la necesidad de aprovechar todas las posibilidades de firmar en la mayoría de librerías de la ciudad, las más concurridas, e, incluso, de orquestar una odiosa campaña de publicidad para llegar al máximo número de personas. El hecho de que este libro se publique significa que ya no me queda más recurso que acudir al público, que dependo de las aportaciones que puedan ofrecerme los lectores para completar esta historia y, en consecuencia, no puedo permitirme el lujo de perder ni uno.

Andaba, pues, dedicando libros sin que la cola decreciera y ese milagro me parecía de santoral por lo extraordinario, cuando los ejemplares se acabaron. No vaya a creer usted que había firmado en exceso, alrededor de veinte o treinta como máximo, por eso le pedí a una dependienta que fuera a buscar más, pero como no encontró, trajo algunas viejas ediciones de mis primeros cuentos, cuyas cubiertas rancias, casi sepias, quedaban de lo más deslucidas en comparación con la portada —no sé si gustativa pero al menos suntuosa, casi acolchada— del libro de recetas de mi colega en la que de una ostra emergía el cuerpo desnudo de una top model, una versión postmoderna del botticelliano *Nacimiento de Venus*. Exigí, bastante enfadada, que llamaran al responsable de la librería para que tratara de sacar de donde fuera ejemplares de mi novela que me permitieran seguir con la buena racha. Fue entonces, en aquel lapso, mientras esperaba los libros, cuando él se acercó y, en vez de pedirme una firma, me entregó una carpeta. En la breve conversación que mantuvimos —«Le he traído esto porque sé que le va a interesar», me dijo, recuerdo sus palabras con exactitud—, me pareció maleducado y arrogante. Si lo que pretendía, tal y como me había sucedido en otras ocasiones, era que leyera el manuscrito o incluso que después de su lectura le buscase editor o le pusiera prólogo, la frase no era apropiada. No era a mí a quien interesaba la lectura de aquellas páginas sino a él. Él era el único interesado en que yo le leyera. A pesar de que pasaba por una racha infame y que me sentía incapaz de seguir escribiendo y más aún publicando, a veces también hasta de seguir viviendo —por eso había abandonado a medias un libro de narraciones—, me excusé con que los relatos en que trabajaba me tenían

tan absorta que no me quedaba tiempo para nada más.
Añadí también que no me sentía con ánimos de juzgar la
obra ajena ya que nunca me había dedicado a la crítica literaria, ni tenía influencia alguna en el mundo editorial.
Jamás había dirigido colecciones o pertenecido a consejos de redacción como otros colegas, cuyos nombres, en
venganza por sus éxitos, le enumeré por si quería pasarles
aquel muerto. Pero él insistió, ahora con una sonrisa cor-
tés, en que era yo quien debía leerlo. «Me hago cargo de
su trabajo, pero estoy seguro de que sólo a usted puede interesarle», otra vez el fatídico verbo. A punto estuve de
decirle que al menos buscara una palabra más adecuada,
como «entenderlo» o «comprenderlo». «Interesar» me seguía sonando, a pesar de que en el segundo contexto era
más pertinente, a transacción mercantil, a oferta de supermercado. Para no hacerle un desaire delante de los lectores o posibles lectores que aún no se habían marchado y
esperaban pacientemente a que llegara el encargado, y sobre todo para que me dejara en paz, acepté la carpeta. Al
fin y al cabo no tenía por qué abrirla. Podía perderla, tirarla a la basura u olvidarla desde aquel instante en cualquier lugar. La insolencia del tipo, rubricada por sus últimas palabras al darme su tarjeta: «Si necesita cualquier
aclaración, me llama», no merecían otra cosa.

Cuando salí del stand de la librería para correr
a un programa de televisión que dedicaba un monográfico a la efeméride y en el que era imprescindible salir si
uno pretendía contar para algo, Xavier Gafarot, entonces
jefe de comunicación de Destino, que me acompañaba,
llevaba debajo del brazo la carpeta azul que yo había abandonado detrás de un montón de *Mortadelos* que esperaban la llegada del gran F. Ibáñez para ser despachados.

La tarjeta del desconocido había tenido menos suerte que su carpeta. En cuanto se dio la vuelta la rompí en mil pedazos, que fueron a parar dentro de una taza de café con leche, llena de colillas, que estorbaba sobre la mesa de firmas. No imaginaba entonces hasta qué punto cometía un error descomunal, un error del que sin duda ha dependido mi vida en los últimos tiempos y quién sabe si también en el futuro si no cuento con su ayuda. Desconocía, estúpida de mí, que el nombre y las señas impresas en un pequeño trozo de cartulina que yo, irritada, acababa de destruir, tendrían una importancia extraordinaria, tanta que si las conociera probablemente nunca hubiera tenido que escribir estas páginas.

Era ya tarde cuando llegué a casa, extenuada. Me quité nada más entrar los zapatos, al tiempo que tiraba la carpeta sobre la alfombra del cuarto de estar sin fuerzas para ponerla en la galería junto a los periódicos atrasados, preparados para llevarlos al contenedor de papel. Al día siguiente no la vi y supuse que mi asistenta la habría sacado al descansillo de la escalera para que sirviera de peana a la bolsa de basura. Pero no lo hizo, Evangelina la dejó en mi estudio sin que yo me fijara y allí se quedó, arrinconada fuera de mi vista hasta que un día al poner orden —un poco de orden, por lo menos, porque venía un técnico a ampliar la memoria del ordenador— la encontré y, en vez de tirarla, quizá como premio a su gatuna supervivencia, la deposité sobre el montón donde se acumulaban libros y manuscritos no solicitados que a menudo me envían autores desconocidos esperando unas palabras de elogio o un simple acuse de recibo. Suelo contestarles en la medida de mis posibilidades; en la medida de mi tiempo libre siempre trato de leer y de aceptar las peticiones de los jóvenes, y a veces no tan jóvenes, que en ocasiones como la del Día del Libro suelen acercarse con timidez y más educación solicitando consejo, presentaciones o prólogos si sus obras tuvieran la enorme suerte de ser editadas... De manera que la carpeta fue, por fin, a parar a su sitio para esperar el turno correspondiente.

Acepté la invitación para enseñar, durante el verano, unos cursos en un elegantísimo *college* de Nueva Inglaterra, pensando que el hecho de dar clases me haría sentir menos estéril y que al volver a Barcelona, podría continuar escribiendo como antes, con la sensación de que sólo recreándolo por medio de las palabras el mundo tenía algún sentido. Además en Dartmouth me ofrecían la posibilidad de matricularme en un curso intensivo de inglés, en la Rassias Foundation, que, según me contaron después, era famosa por su método marcial y expedito en el que habían sido instruidas en diferentes idiomas europeos las tropas estadounidenses. El sistema se basaba en la repetición machacona, a punta de dedo-pistola, de una serie de frases hechas cuya escritura estaba prohibida. Supongo que el profesor Rassias, el inventor de aquella pedagogía paramilitar, debía de ser también un apóstol antidarwinista, convencido de que no venimos del mono sino del loro. Sin embargo aquella tomadura de pelo extraordinaria me resultó literariamente muy positiva. Copiando del natural tomé apuntes directos para unos cuentos sarcásticos que espero terminar algún día. En New Hampshire, además, conocí a la profesora Delvaux, experta en existencialistas franceses, y al bibliotecario Valladares, que me resultarían de gran ayuda, mientras me llenaba los ojos de los verdes más jugosos de la tierra, que almacenaba en la retina para verlos lucir durante el invierno de los días sin sol.

Volví de Estados Unidos a finales de septiembre y, no hacía ni dos días de mi regreso, cuando recibí la llamada de Alberto Tugues, que me había enviado unos poemas antes de mi marcha y me preguntaba si había tenido tiempo de leerlos. Fue entonces cuando casualmente abrí la carpeta que me había entregado el desconocido cuatro meses atrás, porque la confundí con la que guardaba los textos de mi amigo, que me había comprometido a prologar. Las dos carpetas eran iguales, azules, de cartón con gomas elásticas, comunes y corrientes.

Estábamos a 24 de septiembre, lo recuerdo bien, y era de noche. Los petardos del espectáculo pirotécnico con que se acababan las fiestas de la Mercé resonaban aún hacia Montjuïc y hasta mi ventana llegaba el resplandor de los castillos de fuego. En cuanto abrí la carpeta y leí el primer pliego me di cuenta de que aquellas frases impertinentes, «sé que va a interesarle», «sólo a usted puede interesarle», cobraban un sentido preciso y entendí con cuánta ironía debieron de ser pronunciadas, una ironía que entonces me pasó por completo desapercibida. Estaba claro que aquellos papeles me interesaban tanto y de tal modo que al terminar de leerlos me habían cambiado la vida, llenándola de interrogantes, unos interrogantes que en gran medida quedan abiertos a la espera de que estas líneas puedan ayudar a cerrarlos. ¡Ojalá mis palabras, enviadas como un SOS en la niebla con la amenaza de un naufragio inminente —el resto es literatura—, las palabras que le dirijo con el fin de recabar toda su atención y poner en guardia su memoria, no sean inútiles!

Todavía no le he dicho —se me hace cuesta arriba y espero que sabrá disculparme por todos estos circunloquios, en compensación a partir de ahora usted lo sabrá todo de mí, incluso lo que yo hasta hace nada no sabía y es posible que pueda percatarse de aspectos que yo he sido incapaz siquiera de barruntar—, todavía no le he dicho que lo que encontré no fue el manuscrito de un inédito, los poemas o cuentos primerizos de un autor novel o bregado, joven o maduro, lo mismo da, sino una serie de cartas y un billete de tren Delta Portbou-Barcelona, de las 8.33, fechado el 23 de abril de 2001, que supongo debió de usar el hombre que me las hizo llegar, a quien con tanto empecinamiento sigo buscando.

Las cartas, nueve completas más dos incompletas —sólo una hoja—, todas sin sobre, estaban ordenadas cronológicamente y numeradas a lápiz, no sé si por la persona que hubo de recibirlas o por alguien ajeno a quien habían ido a parar. Llegado a este punto, debo confesarle que la letra me fue enseguida familiar, puesto que reconocí en los pliegos, ligeramente manchados por el tiempo, la impecable caligrafía inglesa de mi madre. Junto a las cartas, en un sobre cerrado, encontré una nota: «Le adjunto unas fotografías. Luis G.». En efecto, allí había cinco fotografías en blanco y negro de mi madre. Todas, me parece, con excepción de la que estoy en sus brazos, tomadas cuando todavía no tenía nada que ver conmigo, mucho antes de que yo naciera. Sólo en una, hecha en la calle, aparece la pista del lugar. En el encuadre, a la derecha, se ve el rótulo de un colmado: *épicerie,* de lo que deduzco que se trata de una ciudad o un pueblo francés o francófono. Cecilia Balaguer lleva un abrigo de solapas anchas, probablemente azul, y el sombrero escaso que ya le conocemos. Tal vez lo estrenara ese día y por eso, segura de sí misma, de que le sienta bien, de su elegancia, sonríe. Nos sonríe desde 1949, el año aparece consignado detrás. Hay un brillo de felicidad en sus ojos que la cartulina, impregnada de vida, ha conservado y, quizá por eso, preservándola de la amarillez de los años. En las otras dos, Cecilia Balaguer no nos mira ni está al aire libre. En una lee y parece muy concentrada. Lee junto a un gran ventanal, de lo contrario es posible que la foto no hubiera salido. Está sentada en el ancho alféizar en una postura de instantánea, sólo para posar, para que la luz permita que el disparo no sea en balde. No sé qué libro lee. No he logrado descifrar ni una palabra a pesar de que he conseguido ampliar la fotografía. El lomo del libro está casi a la altura de los ojos, sujeto con las dos manos, oculto al objetivo. La última parece una foto de estudio o al menos hecha por algún fotógrafo profesional y no de andar por casa, como ocurre con el resto. Cecilia quizá es ya mi madre o no falta demasiado para que lo sea, puesto que, por su aspecto de rica, parece claro que ya se ha casado. Lleva un traje de noche, un traje largo bastante escotado de lamé y se cubre los brazos con una estola de pieles, pero tampoco le ha dado la gana de mirarnos. Ajena a nuestra mirada, desvía la vista hacia la izquierda, como si alguien que acabara de aparecer llamara su atención y se quedara quieta un instante para verle, aunque se trate de un truco, de una simulación para no corresponder al objetivo, tal vez por temor a que esa mirada inquisidora averigüe en la suya lo que no debe, lo que desde entonces esconde y yo trato de desvelar. Sobre su cabeza pende una gran araña, como de salón de baile o de teatro.

No me resulta nada fácil hablar de mi madre, que incluso en la infancia me suscitó sentimientos encontrados de amor y de odio. Admiraba demasiado su belleza para no sentirme encogida y mínima en su presencia, insignificante y asustada ante su gesto, casi siempre de reproche, difícil de disimular, puesto que yo era una niña fea, gordita y desmañada, como puede comprobarse en las fotografías de entonces, que a lo largo de estos últimos tiempos he contemplado una y otra vez, con todo detenimiento.

Y así, sin ningún encanto me recuerdo yo también. Por desgracia fui una niña torpona, que andaba a trompicones y calzaba zapatos ortopédicos con plantillas correctoras de no sé qué deformación, que nada parecía tener que ver con ella, alta, de cintura estrecha —«Un auténtico talle de avispa», solía repetir la costurera con frase de época siempre que le probaba un traje, repasando la libretita donde tenía apuntadas las medidas de sus clientas—, figura estilizada y piernas largas, moldeadas a lo Ginger Rogers, según los cánones de la más estricta perfección. Yo en nada me parecía a ella. Todo el mundo decía que era el vivo retrato de mi padre, y tanto y tan a menudo me lo repetían que a veces me dormía imaginando que al despertarme por la mañana me vería obligada a afeitarme, como en alguna ocasión le vi hacer a él, minuciosamente, con una gran brocha provista de una espuma espesa en la que me gustaba meter los dedos para tratar de escribir letras en el vaho de los cristales de la ventana o en la superficie del odioso espejo en el que, en efecto, llegué a contemplarme con su bigote.

Escribía letras sueltas o dibujaba margaritas, porque por entonces no había aprendido a leer y todo lo que las monjas habían conseguido enseñarme había sido los trazos del abecedario y no todos por igual. Se me daban bien únicamente aquellos por los que sentía predilección: la C de mi nombre, que coincidía con la C del de mi madre, la C de Cecilia, que emperifollaba con pétalos de flores o rodeándola de margaritas, y la L mayúscula, que se me antojaba la nariz del abecedario y que era la inicial del nombre de mi padre. Con estas dos letras, que copiaba juntas de manera obsesiva e inútil en mis cuadernos escolares, según la maestra, puesto que no formaban sílaba, no «sonaban», tenía bastante para resumir el mundo, mi mundo, sobre el papel. Estaba acostumbrada a ver la C y la L enlazadas en los bordados de sábanas, toallas y mantelerías, una L y una C que se repetían exactas en los cubiertos y en las maletas de cuero que mi madre usaba en sus frecuentes viajes y que yo también utilicé después, de adolescente, convencida de que al poner mi ropa donde tantas veces estuvo la suya, al repetir sus gestos imitándolos, al cerrar o abrir los herrajes con igual cuidado, prolongaba en cierto modo su existencia y la hacía revivir en mí.

Ahora sé que, entre todos los objetos de mi madre que aún conservo, son posiblemente las maletas, dos para ser exacta, de un juego de tres, las que más cerca estuvieron de su secreto, ya que con ellas viajó con frecuencia en una época en que las mujeres no viajaban y menos al extranjero, y cuando lo hacían era acompañadas por sus maridos, o parientes cercanos, aunque viajaran, como era el caso de mi madre, por imponderables familiares. Mi abuelo materno, que había sido diputado de la Generalitat republicana y permanecía en Francia exiliado, sin poder regresar so pena de ir a la cárcel, tenía una salud muy precaria. Mi madre era la única hija que le quedaba, además de su predilecta, como demostró cuando los nazis le detuvieron, la noche que entraron en su pequeño apartamento de Nanterre a finales de 1941. He sabido, por una de las cartas que había en la carpeta, que el oficial que mandaba el comando y que hablaba en perfecto francés le dio a escoger entre sus dos hijas:

Lo hizo, contrariamente a lo que te puedas imaginar —escribe mi madre—, de manera educada, con la misma cínica amabilidad que mantuvo durante toda la conversación en la que se interesó por la afición de mi padre por la música, una afición que él compartía, añadió, a pesar de que no era, por supuesto, judío, aclaró, como creía que nosotros tampoco. «¿A cuál de sus hijas quiere más?», le preguntó en-

tonces, en nuestra presencia, después de pasar revista a la común predilección por Wagner. «No le entiendo. ¿Cómo dice?», vaciló mi padre desconcertado, sin saber a qué venía aquella pregunta tan impertinente. Pero al ver que el oficial no le contestaba, que le miraba con una sonrisa condescendiente, añadió: «Las quiero a las dos por igual y por partida doble. Como padre y como madre. Soy viudo. Mi mujer murió un mes después de llegar a Francia, en febrero de 1939». «El afecto es una cuestión de semejanza, de afinidades. ¿Cuál de las dos se le parece más? ¿Con quién se lleva mejor?», prosiguió el oficial mientras encendía un pitillo. «No sabría decírselo.» «Es necesario que escoja a una. Una por el precio de dos», cortó el alemán. «¿Se trata de un juego, señor?», fue capaz de apuntar mi padre aunque la voz le temblaba. «No comprendo lo que se propone. Quiero a mis hijas por igual. No hago distinciones ni diferencias entre ellas.» Entonces el oficial llamó a sus hombres, que se habían quedado fuera, en el rellano, esperando órdenes y les mandó que entraran. Anna y yo notamos sobre los brazos la presión de sus garras empujándonos hacia la puerta. Las dos gritábamos aterradas. El oficial se paseaba fumando tranquilamente su largo pitillo, un pitillo casi femenino, de femme fatale. Papá, apelando a Dios y a nuestros pocos años —Anna tenía dieciséis y yo once—, le suplicaba que nos soltaran. Pareció hacerle caso. «Esperad», ordenó a gritos. Y dirigiéndose a mi padre, con la misma sonrisa de condescendencia de antes añadió: «Se lo digo por última vez. Es su última oportunidad, escoja a cuál de las dos prefiere». «No puedo. Mis hijas son inocentes, no han hecho nada malo. Se lo aseguro.» «No imaginaba que fuera usted tan indeciso. Los informes que tenemos de usted no le describen así», dijo, mientras indicaba con un gesto a sus hombres que nos arrastraran escaleras abajo. Lo hicieron de inmediato a empujones y puntapiés. «La pequeña no, suelten a la pequeña», suplicó mi padre llorando. «La niña no, mi pequeña Ce-

cilia.» Habíamos llegado al rellano del primer piso —vivía-
mos en un cuarto—. El oficial ordenó que me liberaran. Re-
cuerdo la mirada de Anna traspasándome, una mirada que
nunca me ha dejado de perseguir ni siquiera cuando estoy dor-
mida. Por eso, a menudo, como el otro día entre tus brazos,
lloro sin darme cuenta, en sueños... Aun con los ojos cerrados se
me caen las lágrimas. Ni en la inconsciencia del sueño puedo
dejar de sentirme culpable.

De la tía Anna —«Mi pobre hermana», como se
refería a ella mi madre siempre que la nombraba— no
solía hablar mucho. En alguna ocasión le oí contar que
había muerto muy joven, fuera de España, durante la guerra europea, pero, exceptuando eso, creo que no me dijo
nada más. Tampoco vi ninguna fotografía, algo que ahora me llama la atención. Es cierto que la casa de la Gran
Vía de Barcelona, donde vivían los abuelos con sus dos
hijas, se vino abajo a consecuencia de la bomba que estalló junto al cine Coliseum y que fue a dar contra unos camiones cargados de trilita, estacionados junto a la acera,
propagando el horror en un radio de mil metros. Ellos se
salvaron porque estaban fuera, en Sant Hilari, donde la
hermana de la abuela que los había acogido desde el levantamiento de julio tenía un chalet, pero lo perdieron
todo. A pesar de quedarse sin nada, me parece raro que
mi madre al regresar del exilio no trajera alguna fotografía hecha en Francia o no tratara de recuperar las que algún pariente o amigo pudieran guardar, como hizo con
la de su madre, la abuela Clara, cuyo retrato yo conservo
en el mismo marco de plata en que mi madre lo había
puesto, sobre la cómoda de su habitación. Fue más adelante, justo después de casarme, cuando de una manera
casual, no sólo vi algunas fotografías de mi tía, sino que
además supe que la pobre Anna, igual que el abuelo, fue

a parar a un campo de concentración donde ella murió en la cámara de gas. Todo eso me lo contó la tía Lola, la única prima de mi madre, que vivía en un pueblo del Delta del Ebro, en la visita que le hice para presentarle a mi marido.

—Tu madre tuvo mucha más suerte —decía la tía Lola—, cuando los alemanes detuvieron a tu abuelo ella fue acogida por unos vecinos franceses con los que habían hecho amistad, los Durand, creo que se llamaban, unas bellísimas personas. No sé qué hubiera sido de Cecilia sin ellos... Habían perdido una hija de pocos meses que entonces habría tenido la edad de tu madre y quizá por esa razón se encariñaron aún más con ella. Se la llevaron cuando se refugiaron en Burdeos, donde tenían familia. Al acabar la guerra regresaron a París y un buen día apareció tu abuelo. Estaba en los puros huesos, enfermo de los bronquios, un mal del que nunca consiguió curarse... En nuestra familia, por lo menos cuatro personas han muerto de lo mismo: el tío Domènec, la prima Felicia, el abuelo Pepe, su hermana Rosa...

La tía Lola, a quien tan sólo había visto media docena de veces en toda mi vida, llevaba el inventario exacto de las desgracias familiares, que enumeraba una tras otra, en perfecta ristra. Las soltaba siempre que podía, con toda naturalidad, como si se tratara de una lista para la lavandería: seis camisas, cuatro sábanas, tres toallas..., y al concluir exclamaba: «¡Virgen Santísima! ¡Qué valle de lágrimas! ¡Amén, Jesús!». Por otra parte, quizá confundía Burdeos con alguna otra ciudad porque en Burdeos se firmó el armisticio quince días después de la ocupación alemana de París y no era un lugar seguro donde poder refugiarse, al contrario, sufrió toda clase de bombardeos. Pero tenía razón en cuanto a las penalidades padecidas por el abuelo aunque a mí me impresionaron mucho más las referencias a la tía Anna y le pedí que me contara cuanto supiese de ella. Me aseguró que conservaba unas postales que le había mandado desde el campo de concentración, censuradas, por supuesto, y que las buscaría para enseñármelas. Incluso, si tanto me interesaban, podía pedir a su hija que iba con frecuencia a Barcelona que me las llevara. Allí figuraba el nombre del campo que ella no recordaba. Era un nombre raro, acababa en *uc,* como Bruc o algo así. Pero, en cambio, tenía presente el año, 1941. De eso estaba segura porque fue un año horrible: su hijo, un niño precioso, se cayó en un aljibe y se ahogó. Su marido cogió una tisis..., y otra vez enhebró el rosario de las calamidades domésticas.

La tía Lola murió a comienzos de los ochenta sin enviarme las postales prometidas. Tampoco las pudo encontrar su hija Neus, a quien se las pedí no hace mucho, pero que me dio, en cambio, una información que contradice, en parte, la ofrecida por mi madre en la carta. Neus había oído contar que la pobre Anna había ido a parar a un campo de concentración porque su escondrijo había sido descubierto por las SS el día que registraron su casa para llevarse al abuelo, acusado de pertenecer a la resistencia. Por el contrario, no encontraron el de mi madre. Mi madre esperó durante horas con el agua al cuello que el pelotón se marchase para salir del depósito que había en la azotea y por eso no había corrido la misma suerte que su pobre hermana.

Como puede usted imaginar, he buscado en cuantas listas de catalanes deportados he tenido a mi alcance los nombres de Pere y Anna Balaguer. Me consta, porque los archivos de Mauthausen se conservan, que por allí no pasaron. En cambio, pienso que tal vez pudieron ir a parar a Ravensbrück. El nombre acaba en *uc,* como aseguraba la prima de mi madre, y sus archivos fueron quemados. De ahí que resulte difícil, a estas alturas diría que imposible, llegar a saber qué personas fueron allí confinadas. Montserrat Roig en su libro fundamental *Catalans als camps nazis,* que devoré tratando de encontrar referencias de mi abuelo y de mi tía, nada dice de ellos. Pero eso no prueba nada. Sólo indica que, como ha sucedido en otros casos, ninguno de sus entrevistados le habló de mis parientes. Después de leer cuanto pude sobre los deportados me entrevisté con algunos supervivientes de los campos pertenecientes a L'Amical Mauthausen pero no llegué a ninguna conclusión. Apenas si saqué unos cuantos datos más bien contradictorios. Sólo una persona me aseguró que Pere Balaguer y su hija estuvieron, en efecto, en Ravensbrück, pero quizá confundiera a mi abuelo con otro Balaguer, el Josep Balaguer del que sí habla Montserrat Roig. Los demás o negaban haber compartido con mis familiares aquel espantoso confinamiento o no les recordaban. No he conseguido llegar a saber, y a estas alturas quizá me resulte ya del todo imposible, porque cada vez van quedando menos supervivientes del horror nazi, si, tal como insinuaba la prima de mi madre, la pobre Anna y su padre se reencontraron en Ravensbrück.

Ahora me hago cargo, gracias a esa carta, de hasta qué punto mi madre pudo sentirse sobrecogida por la decisión del abuelo, abrumada por su predilección, una predilección que ella quizá no esperaba, que tampoco había pedido y que tal vez él, en sus peores momentos, en sus horas más bajas, le echó en cara en un mudo chantaje sentimental. No estoy nada segura de que Cecilia hiciera honor a la elección de su padre y, a menudo, en estos últimos meses, he pensado que quizá su incapacidad para el afecto, su frialdad —no recuerdo que jamás me diera un beso o un abrazo espontáneos, ni siquiera que me contara un cuento, de eso se encargaba Josefa y, a veces, mi padre—, que sólo contradicen las cartas, es una venganza por aquella imposición paterna desencadenada por la brutalidad de los nazis, disfrazada de graciosa arbitrariedad.

Por desgracia no conozco a nadie que pueda confirmarme si las cosas sucedieron tal y como se las cuenta mi madre a su amante, si ella se salvó gracias a que la pobre Anna fue sacrificada. Pero sea o no cierto, yo me inclino a pensar que sí lo es, resulta comprensible que trataran de mantenerlo en secreto, teniendo en cuenta que el abuelo vivía. La sádica crueldad que muestra la escena descrita por mi madre fue una práctica habitual entre las SS que han recogido infinitas películas, libros y documentos. El horror constituyó, probablemente, el mayor patrimonio del nazismo, aunque no fue el único ni ellos fueron tampoco los únicos en gestionarlo. Al leer de nuevo la carta de mi madre para transcribirla me he dado cuenta de que coincide, en parte, con el inicio de una película que vi de una manera casual en una de mis idas a América, *La decisión de Sophie* creo que se llamaba. El hecho de dar a elegir a un padre o a una madre entre uno u otro hijo debía de permitir a los nazis algún tipo de observación psicológica con que completar, luego, cualquier estadística sobre el comportamiento humano en razas degeneradas o en individuos tarados, como izquierdosos o apátridas. Además, la escena descrita en la carta justificaría que Cecilia se ocupara, no sé si con afecto, pero al menos con dedicación de velar por la salud de su padre. Por eso, ante la imposibilidad de que él viviera con nosotros, como hubiera sido lo natural, ella no tenía más remedio que viajar a París tres o cuatro veces al año y quedarse allí una temporada cuidándole.

Acompañé a mi madre una sola vez a Francia para que el abuelo pudiera verme antes de morir, como le dijo a mi padre, rogándole que me permitiera ir, pues él era reacio a que me fuera, no sólo porque creía que a su suegro, aquejado de demencia senil, le iba a dar igual verme o no verme, sino porque consideraba que un viaje tan largo y fatigoso —París quedaba lejos entonces— podía ser contraproducente para una niña de siete años. Recuerdo muy bien esos argumentos porque se los oí exponer a mi padre de viva voz, sin que ni él ni mi madre llegaran a sospecharlo nunca.

Fue una noche de mitad de octubre inusualmente lluviosa. Vivíamos en la Vía Layetana de Barcelona, no lejos del puerto, desde donde los días de temporal penetraba el rumor del mar y el salitre traído por el viento manchaba los cristales. La tormenta arreciaba cuando me desperté sudando a consecuencia de una pesadilla: de nuevo había visto en sueños la cara ensangrentada del hombre muerto. Abrazada a mi oso, salté de la cama para ir al cuarto de mis padres y tratar de buscar cobijo entre sus sábanas, como solía hacer en aquellas circunstancias aunque mi madre me lo tuviera prohibido. Pero vi luz en el salón y me dirigí hacia allí sin atreverme a entrar. Algo me detuvo junto al umbral de la puerta entreabierta detrás de las pesadas cortinas de terciopelo color verde ciprés. A través de una rendija les observé durante largo rato sin que ellos percibieran el más leve indicio de mi presencia, puesto que había llegado descalza, pisando sobre alfombras, y me mantenía inmóvil, conteniendo casi la respiración. Sabía que si me descubrían me mandarían a mi cuarto y, sin contemplaciones, me obligarían a apagar la luz, y yo tenía más pavor a la oscuridad de la noche que al castigo que, a buen seguro, habrían de imponerme al día siguiente por fisgar en la vida de los mayores. Quizá esa sensación de peligro aguzó mi retentiva y me permitió fijar la escena con una mayor nitidez porque, no sólo ahora que trato de recuperar con la mayor precisión posible mi infancia, sino muy a menudo, a lo largo de mi vida, la he evocado con milimétrica exactitud. Mi madre, con un vestido de muselina, largo y escotado, de un palidísimo color malva, estaba tumbada en el sofá y fumaba sin parar, de manera provocativa. Entre calada y calada parecía sólo pendiente de las volutas de humo que exhalaba por la nariz. Las nerviosas palabras de mi padre, que, algo congestionado, estaba de pie junto al balcón, no parecían importarle demasiado. Ni siquiera le recriminó, como solía, cuando él se quitó la chaqueta y la dejó caer sobre el primer mueble que encontró, ni cuando después estuvo a punto de perder los gemelos que se quedaron colgándole de los puños al arremangarse la camisa. Una camisa de pechera tableada que a mí me llamaba mucho la atención porque se parecía a mi uniforme de colegiala y que le había visto ponerse sólo en contadas ocasiones, casi siempre para ir al Liceo. Mi madre, a quien el desorden sacaba de quicio, debía de estar tan abstraída que parecía no darse cuenta. Tampoco se percató de que mi padre acababa de pisar su corbatín de seda, que instantes antes había volado como una especie de pájaro desde su cuello, mientras se sentaba frente a ella en una butaca. Nunca había sorprendido a mi madre en una postura tan indolente, tumbada de lado, con el cabello suelto cayéndole por el borde del sofá que ocupaba por completo. Tiempo después, en la adolescencia, viendo alguna película hollywoodiana comprendí que aquella noche había asistido sin saberlo a una escena cinematográfica en que la heroína se comportaba como lo hacían las de las películas y entendí hasta qué punto el cine fue el referente que permitió estimular los sueños de toda una generación que, mientras mimetizaba los gestos y ademanes de actores y actrices, se hacía la ilusión de que su mundo se ensanchaba y se diluían, hasta desaparecer, los límites que constreñían su conducta. Eso les permitía sentirse importantes, quizá hasta ricos y felices. Y, aunque mi madre fuera rica o al menos estuviera casada con un hombre rico y a mí me pareciera feliz, sus maneras habían sido estudiadas por igual, junto a los mismos modelos, en infinitas tardes de domingo, en cines de barrio, mucho antes de casarse, cuando vivía en Francia y después en Barcelona, donde el abuelo, valiéndose de amistades que aún le quedaban y que ahora estaban de parte de los vencedores, consiguió que regresase porque le pareció mejor no imponerle la condición de exiliada, evitando en lo posible que padeciese las mismas calamidades que él. Al recordar el hecho, de eso sí que oí hablar, aunque de una manera sesgada, y de cómo la tía Anselma, la hermana pequeña del abuelo, viuda de un requeté que había muerto en la batalla del Ebro, se avino a acoger a su sobrina, pienso que el abuelo debía de querer muchísimo a mi madre, porque había sido capaz de renunciar a su compañía y, enfermo, sin apenas recursos, hubo de pasarlo muy mal.

Ahora sé que aquella noche, la noche del sábado 19 de octubre o, para ser más exacta, la madrugada del 20, mis padres no volvían del Liceo, donde tenían un abono, sino del Palau de la Generalitat, rebautizado entonces Palacio de San Jorge o Palacio de la Diputación, de una cena que el presidente de la Diputación, el marqués de Castell-Florite, ofrecía al Caudillo, de visita oficial a Barcelona. Lo sé, no porque ellos hicieran referencia alguna a la recepción, sino porque he consultado en las hemerotecas periódicos de aquella época y el nombre y apellidos de mi padre y señora figuran en la lista de invitados al banquete, entre los que se incluye un buen puñado de personajes que en la transición pasaron por ser antifranquistas de toda la vida. Recuerdo, ya lo he señalado, que aquella noche llovía de manera inmisericorde, y he podido constatarlo porque en la crónica de la *Vanguardia Española* se hace referencia a que «el público congregado en la plaza de San Jaime aclamó al Caudillo con fervor patriótico» y añade que los coros Clavé no pudieron «actuar a causa de la intensidad del chubasco que durante aquellas horas se abatió sobre la ciudad». El diluvio debió de continuar aún con mayor fuerza si cabe —aquella gota fría desbordó el Turia, dejó Valencia inundada y provocó dos decenas de muertos— porque mi padre se levantó de pronto de su butaca para acercarse al balcón y abrir el postigo para comprobar, supongo, si las persianas estaban bien cerradas. Fue en aquel momento cuando yo, pensando que saldría de la salita y me descubriría, me fui corriendo a mi habitación, donde por fin, después de mucho rato de oír sus voces, la de él más alta e irritada, la de ella casi imperceptible, me dormí.

Dos semanas más tarde mi madre me comunicó que aquellas Navidades la acompañaría a París. Es probable que mi padre cediera aquella misma noche en que yo espié su conversación y que, a pesar de su reiterada y bien argumentada negativa, mi madre le convenciera. El hecho de no privarme de conocer al abuelo era un argumento absolutamente legítimo si no servía el de que el abuelo me conociera a mí. Sin embargo, ahora pienso que tal vez no fue eso lo que llevó al marido de Cecilia a cambiar de opinión sino el temor a que la imperturbabilidad con que ella acogía su negativa, la falta de interés con que le escuchaba, la indiferencia con que se tomaba su acaloramiento, pudieran convertirse, a partir de aquel momento, en muestras habituales de su actitud. Fue la intuición de que, si no cedía a tiempo, Cecilia no se lo habría de perdonar y, en venganza, mostraría ante cualquiera de sus propuestas idéntico comportamiento glacial. A pesar de mis pocos años, creo que percibí, aunque probablemente de manera inconsciente, hasta qué punto era ella quien dominaba la situación, ella quien empleaba la fuerza de su aparente debilidad, sobre todo, la enorme fuerza de su belleza desparramada sobre el sofá y la dirigía, convertida en el cañón de una escopeta, contra mi padre.

Del viaje a París guardo imágenes de postales que se barajan: la torre Eiffel, el Sagrado Corazón de Montmartre, el Arco de Triunfo y un Sena de aguas turbias bajo los puentes, tópicas reproducciones contempladas después tantas veces, siempre con la sensación de que me pertenecían desde tiempo atrás porque mis ojos infantiles las habían clavado en algún recoveco de mi memoria. Afortunadamente nos abstuvimos de visitar museos, afición predilecta de mi madre, que, antes de casarse, se había ganado la vida restaurando cuadros. Imagino que a menudo pensaba que si yo no había heredado su físico, algo, en efecto, lamentable, sobre todo para mí que siempre he sido fea, o, como se decía en los años sesenta, poco agraciada, en compensación me habría transmitido sus buenas disposiciones artísticas, aunque nunca tratara de comprobarlo. Debía de darlo por hecho, sin considerar que yo era demasiado pequeña para interesarme por otra cosa que no fuera jugar. Entonces tenía siete años. Corría 1957. Puedo consignar la fecha sin temor a equivocarme porque Cecilia, en una de las cartas, hace referencia a nuestro viaje y da a entender al destinatario que quiere llevarme a París para que pueda conocerme, con el mismo argumento que usó con mi padre en relación al abuelo. Con fecha del 14 de noviembre de 1957, mi madre alude también a un premio o reconocimiento que, al parecer, acaban de otorgarle a su amante:

No sabes con qué inmensa alegría recibí la noticia y lo feliz que me hizo. A pesar de tu largo silencio, no podía dejar de sentirme orgullosa de ti. Es maravilloso, magnífico, me repetía. Pero a la vez pensaba que ese éxito extraordinario, ese reconocimiento incuestionable a tus muchos méritos podría, incluso, alejarte más... No quiero hacerte reproches, ya sé, los odias, pero acepta que durante los últimos tiempos me has tenido ayuna de noticias... Ahora, sin embargo, te has dignado contestar a mi telegrama y me has dicho que te hace ilusión conocer a la niña y verme de nuevo, ver de nuevo a tu pequeña Cecilia, y yo corro hacia ti con la misma alegría que entonces, sin pedirte nada y entregándotelo todo.

La carta es breve y parece incompleta. No lleva encabezamiento. Si conozco la fecha en que fue escrita es porque mi madre no solía consignarla al principio sino al final, junto a su firma, que no siempre es Cecilia sino a veces sólo C, la C de su inicial. Otro elemento que refuerza la hipótesis de que falta una página es que en la cuartilla que obra en mi poder aparece en el extremo derecho el número 2. Tal vez, de conservarse la primera hoja, podríamos saber a qué premio se refiere ya que sin duda habría de mencionarlo allí y también cómo le llegó la noticia, quién se la dio. A estas alturas me temo que debió de enterarse por los mismos días en que yo espié su conversación aquella lluviosa noche de octubre. Pero hay, además, en la carta otras alusiones a su relación, una relación bastante larga, posiblemente con períodos de alejamiento, de frialdad, épocas de interrupción. La referencia a «con la misma alegría que entonces, sin pedirte nada y entregándotelo todo» alude, supongo, al momento del íntimo abandono, cuando nada pedimos al otro o quizá sí, que nos deje seguir queriéndole para siempre...

El papel de esa carta es diferente al de las otras, aunque también de color azul, su textura es más fina, más endeble y eso permite que destaque todavía más la caligrafía zancuda de mi madre, propia de una cigüeña. En el caso de que las cigüeñas, que en mi infancia sólo se dedicaban al tráfico de recién nacidos, ampliaran sus prerrogativas a la escritura, no lo harían de otro modo. Los rasgos de la caligrafía de Cecilia —que siempre usa pluma, una Sheaffer que también se llevó en el último viaje y con la que debió de escribir, probablemente, su última carta— aparecen, sobre este papel casi transparente, más estilizados. Apenas hay curvas. Las ces, las eses, las marítimas emes quedan reducidas a un trazo que tiende a la recta. Y la horizontalidad en la que necesariamente se apoyan las líneas de la escritura está rebasada por la verticalidad de la que todo el alfabeto, hasta las letras más bajas, las más subterráneas, *g* y *j*, *p* o *q*, cuya tendencia a tirar hacia el suelo a nadie se le escapa, parece contagiado. Dicen los grafólogos que la caligrafía de mi madre es sintomática de sus gustos delicados, de su elegancia y de su perfeccionismo, aunque yo creo que es en estas cartas donde trata de poner en cada letra un muy particular cuidado con la intención de atraer a su destinatario, al que nunca nombra y al que sólo salpica de vez en cuando con apelativos cariñosos, típicos y tópicos, amor mío, mi vida, corazón y *chéri*, en la única que está escrita en francés, idioma que alterna con el castellano. Un hecho que demuestra que su amante si no era bilingüe o casi bilingüe, como ella, por lo menos, conocía los dos idiomas.

A pesar de esa supuesta ilusión por conocerme, si me fío de la carta de mi madre, que reproduce, al parecer, las palabras de su amante, nunca nos vimos, que yo sepa. Supongo que por entonces él debía de vivir en París o que era París el lugar donde se había citado con ella. Sin embargo, por mucho que me esfuerzo, por mucho que trato de recorrer las horas y minutos de aquellos días no doy con nadie en especial, ni siquiera con algún acontecimiento destacable, como ir al circo o a un espectáculo infantil, en el que alguien pudiera acercarse a saludarnos. No, nada de eso ocurrió. Ni apareció por casa ninguna persona diferente de las del entorno de mi abuelo, a quien, en efecto, veía por primera y última vez, y cuyo deterioro físico le impedía, como había oído decir a mi padre, darse cuenta de mi presencia y hasta diría que reconocer a su hija. Sin embargo, con esa inconsciencia que caracteriza a los niños, capaces de sobreponerse de inmediato a cualquier calamidad, de sobrevivir incluso con alegría a las peores condiciones, su situación apenas me afectó. No me incomodó tampoco el penoso espectáculo de su incontinencia ni los lamentos y lloriqueos cuando, en su anulado cerebro, un instantáneo chispazo neuronal le permitía percibir la irreversible decadencia a la que había llegado. He borrado su rostro pero, en cambio, conservo intacta la visión del perpetuo temblor de sus manos sarmentosas, cuyos dedos pendían como estremecidos gusanos, y el olor de su cuarto, a medicinas, alcanfor y orines, un olor acre que entonces me pareció asquerosamente peculiar y que me retraía hacia mi habitación en cuanto me acercaba al pasillo, adonde se abría la puerta de su alcoba. Un olor que luego he identificado con el de la derrota y el cúmulo de males que comporta la vejez.

Con el abuelo, a quien, si todo no se hubiese ido al traste con la Guerra Civil, parecía irle destinada una estatua con palomas en medio de cualquier plaza, vivía una criada alta y forzuda y le asistía una enfermera que yo imaginaba a todas horas con la jeringuilla en ristre a punto de clavarla en la primera nalga despistada que se le pusiera por delante. Su presencia amenazadora se me hizo del todo insoportable la noche en que mi madre me dejó sola con el abuelo, los dos a su cuidado, pues ella tenía un compromiso ineludible. Por más que le supliqué no quiso llevarme. «Es imposible, nenita —me dijo, sin hacerme demasiado caso—, los niños no pueden salir de noche». «Por favor, no me dejes», lloraba yo agarrándome a su falda larga, rosada y vaporosa, tratando de retenerla, mientras ella se deshacía de mi contacto y prometía castigarme si no me callaba de una vez. No le obedecí, al contrario, seguí implorándole que no se fuera, que no me abandonara. No quería quedarme con Madeleine, cuya sonrisa burlona ante mi desconsuelo anunciaba que, en cuanto mamá saliera de casa, me dejaría el culo como un colador. Estaba segura de que sus manos, metidas en los bolsillos de la bata blanca, escondían diez agujas hipodérmicas en las que se prolongaban sus uñas de bruja. Pero mi pataleta no sirvió para nada. Sólo conseguí que mi madre se pusiera rabiosa: «Debería haberte dejado en Barcelona. Al fin y al cabo, no sé para qué te he traído», me dijo, mirándome con despego. De sus palabras me acuerdo muy bien, y aunque su pregunta se quedó abierta, tiene ahora, me parece, a la luz de su carta, fechada sólo mes y medio antes de nuestro viaje, una posible respuesta. Mi ida a París fue inútil porque él no quiso conocerme y el vestido más bonito que tenía, de terciopelo azul con una gran lazada, que mi madre había depositado con todo cuidado en la maleta, probablemente para que me lo pusiera para verle, se quedó durante las dos semanas que estuvimos en París colgado en el armario.

Tampoco sé si ellos llegaron a encontrarse, si el hombre que la esperaba junto al portal, aquella noche que me dejó sola, y que yo sólo pude vislumbrar desde la ventana de mi cuarto, era él. Llevaba una gabardina clara con el cuello subido, cruzada y abrochada, y fumaba un cigarrillo. Antes de que mi madre bajara, había mirado hacia arriba, hacia nuestras ventanas varias veces, con inquietud, probablemente molesto ya que mi madre, por mi culpa, le hizo esperar. A la media luz de las farolas de la calle y desde un tercer piso, no era fácil que pudiera darme cuenta de los detalles que ahora me permitirían describirle con exactitud, pero en mi recuerdo se trata de un hombre moreno, de estatura mediana, tirando a alto, más bien delgado, rasgos que coincidían también con los de mi padre, y entre los que no pude encontrar ninguno suficientemente destacable. En cuanto vio a mi madre, se quitó el sombrero para saludarla y luego tomó entre las suyas la mano que ella le tendió y se la besó. Después le abrió la portezuela del taxi y la ayudó a entrar. Permanecí toda la noche en vela, encerrada en mi cuarto, sin dejar pasar a la enfermera, que, en un farfullante español, me pedía que le abriera porque la señora le había ordenado que me tomara un vaso de leche caliente antes de acostarme. Me dormí de madrugada, en cuanto oí la puerta de la calle y supe que mi madre acababa de regresar, pero me desperté al poco rato porque a través del tabique de su cuarto, contiguo al mío, me llegaban sus sollozos y tuve que contener las ganas de ir a abrazarla. Estaba segura de que lloraba por mí, arrepentida de haberme dejado sola.

Deduzco de la situación, que relaciono ahora con la carta de mi madre, que me utilizó para conseguir un intento de aproximación más perdurable. De haberle salido bien quizá nunca hubiéramos vuelto a Barcelona. Ahora pienso que el equipaje, las tres maletas de piel, más otra enorme, era excesivo para los quince días que estuvimos allí. Entre mi ropa, por ejemplo, había también prendas de verano, absurdas para el frío invierno de París, con máximas de cuatro grados. Mi madre pasó los ocho días que todavía nos quedamos ensimismada y triste, y ensimismada y triste volvió a Barcelona. Todos, empezando por su marido, justificaron su estado por la preocupación que le causaba la salud del abuelo y la pena de no poder acompañarle en sus últimos momentos. Al parecer, mi padre no estaba de acuerdo con que se ausentara tanto tiempo y se quedara en París esperando *«allò que no se sap quan es pot presentar»,*[*] como le oí decir a la cocinera. *«Què és allò?»,*[**] le pregunté. Ella, que con una sonrisa llena de humo, trataba de encender la cocina económica, me contestó con una adivinanza: *«Una cosa que no és cosa i que tot el món se troba».*[***]

Josefa era mi confidente. Me llevaba con ella mejor que con mi madre. Me gustaba el olor a colada de sus manos, el canario que tenía en la ventana de su habitación y, en especial, un hongo que guardaba en un bote de cristal, un remedio que la había salvado del tifus de 1941 y a cuyas extraordinarias propiedades salutíferas no estaba dispuesta a renunciar. Cuando mamá le ordenó que tirara a la basura aquella porquería, que no quería verla ni un minuto más en la cocina, Josefa tuvo un gran dis-

---

[*] «Eso que no se sabe cuándo se puede presentar.»
[**] «¿Qué es eso?»
[***] «Una cosa que no es cosa y que todo el mundo se encuentra.»

gusto. Lo había dejado allí para que nos protegiera a todos, me dijo. Si mi madre rechazaba las emanaciones benefactoras del hongo, allá ella... En el fondo le daba igual que tuviera o no tuviera buena salud, en cambio la mía le importaba mucho. Guardó el hongo en su cuarto, debajo de la cama y todas las noches me llevaba a visitarlo y me daba de comer de él... *«Ja ho veuras, estimada dolça, colflorieta meva, pastanagó, cebeta tendra, glop de vi dolç, tu no prendás mal, tu no.»* Solía usar esa letanía a menudo, en especial, cuando estaba de buen humor y pretendía intercambiar informaciones conmigo, aunque casi siempre era ella la que me las daba gratis. A pesar de que yo solía espiar las conversaciones de los mayores detrás de las puertas, no pillaba gran cosa... A través de ella conseguí saber, mucho antes de que mi madre me lo dijera, que mi padre trataba de lograr que el abuelo fuera trasladado a Barcelona, una noticia que me horrorizó porque imaginé que con él vendría también la enfermera. Pero Josefa me tranquilizó. El abuelo volvería solo, en ambulancia, atendido por un médico, según le había dicho mi madre, si las influencias de mi padre surtían, por fin, efecto. Estaba claro que de aquel pobre anciano nada tenían que temer las autoridades franquistas, de él no cabía esperar ningún acto de insumisión o desacato contra el Régimen, como decía la instancia de solicitud hecha por mi padre, cuya copia encontré, por casualidad, entre otros papeles después de su muerte. Josefa se refería tan sólo a los salvoconductos, indispensables entonces, para entrar o salir del país. Y sin embargo, al parecer, no le permitieron volver. La razón de la negativa no la sé, tampoco pregunté por qué no llegó a venir, aunque estoy segura de que Josefa no me hu-

---

* «Ya lo verás, queridita mía, coliflorcilla mía, zanahorita, cebollita tierna, sorbo de vino dulce, tú no te pondrás enferma, te lo aseguro, tú no.»

biera dicho la verdad, ella nunca hablaba de nada que tuviera que ver con la situación política. *«Muts i a la gàbia»*[*] era su consigna, suficientemente explícita en los tiempos que corrían. También supe después que mi padre se portó extraordinariamente bien con su suegro puesto que, a pesar de pertenecer a bandos contrarios y tener ideologías contrapuestas, era él quien mantenía el piso de París y pagaba todas las cuentas. La ayuda que le pasaba el Gobierno de la Generalitat en el exilio era tan exigua y esporádica que apenas cubría su manutención. Sin la generosidad de su yerno el abuelo hubiera tenido que conformarse con vivir sus últimos años de la caridad pública en cualquier asilo. Me parece que mi madre olvidaba a menudo ese pequeño detalle, porque en las cartas que datan de 1958 asegura que está dispuesta a dejarlo todo, a sacrificarlo todo para empezar una nueva vida, que cambiaría la riqueza por la pobreza, que está de acuerdo en vivir de manera austera, tal y como le gusta a su amigo, que le asegura, como ella recuerda y transcribe en francés:

Je suis avare de cette liberté qui disparait dès que commence l'excès de biens... Moi, aussi, j'aime la maison nue des arabes... Le lieu òu je préfère vivre, òu il me serait égal de mourir, est une chambre d'hôtel..., mais toujours avec toi.[**]

Pero más que estas cartas de 1958, me afectan las más antiguas, las primeras que manos anónimas marcaron con los números 2, 3 y 4 y que fueron escritas en 1950, dos años después de que mi madre se casara. Ésas son las

[*] «Mudos y a la jaula.»
[**] «Soy avaro de la libertad que desaparece en cuanto empieza el exceso de bienes. Yo también amo la casa desnuda de los árabes... El lugar donde prefiero vivir, donde me daría igual morirme, es una habitación de hotel..., pero siempre contigo.»

más importantes para mí, porque nací en 1950 y en una alude directamente a su embarazo:

Amor mío: mi hora se acerca y aún sigo pendiente de tu decisión. Estoy a punto de enloquecer. Ya sé que tú no querías que las cosas llegaran hasta donde han llegado, que soy yo la única culpable. Sin embargo me pregunto: ¿puede culparse al amor? ¿Soy culpable de amarte? ¿Es justo? ¿Podrá reprochármelo el hijo que espero? Me lo reprochará si no te conoce, si no conoce a su padre, de eso puedes estar seguro...

Como usted puede imaginarse, antes de llegar hasta aquí, antes de transcribir este párrafo, lo he leído infinitas veces tratando de interpretarlo, palabra por palabra o casi letra por letra. A veces pensaba que mi madre mentía, que aquella alusión a la paternidad era una estratagema amorosa, que no era la primera vez ni sería la última que una mujer enamorada se valiera de una mentira para intentar retener a su amante o para conseguir una prórroga. Otras, pensaba que no tenía por qué mentir, que decía la verdad, una verdad con la que no obstante ofendía a su marido y a mí misma, estafándonos, cometiendo con nosotros un fraude. Me repetía que Cecilia Balaguer tenía todo el derecho a enamorarse, que de su vida íntima yo no sabía nada, que seguramente no era feliz en su matrimonio, que la suya habría sido una boda de conveniencia, quién sabe si no se sacrificó para ayudar a su padre, pero me indignaba que hubiera ejercido su derecho al amor involucrándome a mí, sin medir las consecuencias de sus actos. Y no me consolaba nada, al contrario, me mortificaba, el hecho de que yo pudiera ser fruto de la pasión, un aspecto que quedaba bien en un drama romántico, donde los hijos del amor extraconyugal son revestidos de una dignidad que les permite considerar un mérito su bastardía, pero que, fuera del espacio acotado para la literatura decimonónica, resultaba patético...

A veces, sin embargo, me parecía que juzgaba con demasiado rigor a mi madre, que debía de haber razones de peso en las que justificar su conducta y que fue su muerte prematura la que me impidió conocerlas. Suponía que al cumplir los años oportunos, en cuanto hubiera sido mayor de edad o quizá antes de casarme, hubiera tenido la decencia de decirme de quién era hija. Me entretenía imaginando la escena: una Cecilia Balaguer que no había envejecido, vestida con elegancia, incluso para estar por casa, sentada, con una pierna sobre otra, en el salón del piso de Layetana, mientras fumaba un cigarrillo mentolado con una larga boquilla de marfil, bajaría la voz para confiar a su hija el secreto de su vida. Pero enseguida me daba cuenta de que eso no era así, que así no hubiera sucedido, que no habría sido antes de casarme cuando ella me lo hubiera contado todo, sino mucho después, después de quedarse viuda, después de la muerte de su marido... La veía de luto, abatida y llorosa, sobre la falda las manos cuyos dedos, salpicados de anillos, oprimían, nerviosos, un pañuelo, pero sin arrugas ni canas, tan joven como cuando nos dejó. O quizá nunca me lo hubiera dicho directamente. Puede que hubiera preferido que me enterara después de su muerte mediante un documento notarial, adjunto al testamento, en una carta dirigida esta vez a mí, donde, por fin habría de figurar el nombre de su amante, el nombre de mi padre, un nombre que se obstina en callar, tal vez por discreción, para no comprometerle si las cartas cayesen en manos ajenas.

Es cierto que las cartas de amor, incluso los epistolarios que se han hecho famosos, nos ofrecen pocas referencias concretas. La pasión suele ser la única fuente de interés de los amantes, un interés tautológico que se concentra en una determinada casuística. Nada tiene sentido fuera de ese mundo particular, enclaustrado, a menudo masoquista, en el que, precisamente por eso, el nombre de la persona amada suele ser repetido, incluso reiterado, empleado como un amuleto protector o un salvador conjuro imprescindible.

Durante una época de mi vida fui muy aficionada a los epistolarios amorosos, leí muchísimos y por eso puedo asegurar que son excepcionales los enamorados dispuestos a privarse del nombre de la persona amada, a no copiarlo de su mano, renunciando al goce de pronunciarlo también por escrito. Cuando eso sucede el principal impedimento suele ser el adulterio, que tanta tinta ha hecho correr. Supuse que en el caso de las cartas de mi madre, aparte de ese motivo —es muy probable que su amante estuviera también casado—, había otro: la censura. Todo estaba bajo censura en los primeros años del franquismo. El cuerpo de inspectores de Correos fue creado después de la victoria de Franco para que se dedicara a inspeccionar la correspondencia privada, que podía ser abierta por los funcionarios tal y como establecía un decreto. Me pregunto si el nombre del destinatario figuraba en los sobres que no me han llegado o si, por el contrario, ella los dirigía a otra persona, una amiga de ambos que se prestara a hacer de intermediaria o tapadera. No hace mucho he sabido que desde 1949 en adelante, eso es cuando mi madre escribe, la censura ha dejado de funcionar para con la correspondencia privada. No obstante, quizá todos, en aquel tiempo, se curaban en salud.

Es probable que las cartas que me fueron remitidas en la carpeta azul sólo sean una muestra, escogidas entre el grueso de una correspondencia mucho más abundante que alguien todavía conserva, o quizá son las únicas que se salvaron de la pérdida. De todos modos, está claro que quien las envió sabía, sabe perfectamente, que eran autógrafas de Cecilia Balaguer y que ella era mi madre. Sea como fuere, las cartas son cuanto tengo y por eso, a través de sus datos intenté desde el primer momento hacerme una composición de lugar que me permitiera atar algunos cabos. Empecé por buscar qué alusiones concretas contenían. Encontré muy pocas. Sólo la referencia a la distinción otorgada al destinatario en el otoño de 1957, las menciones a las ciudades de Barcelona y París, al Barrio Latino, a Argel, y las dos iniciales R. y E. Nada más. Aunque he intentado leer entre líneas, tratando incluso de formar acrósticos, atenta a cualquier indicio que me llevara a identificar a la persona a la que mi madre se dirigía, no lo he conseguido. Nada preciso sobresale entre un repertorio sentimental de sobra conocido, que desde siempre ha admitido pocas variaciones. Los celos, la angustia propiciada por la distancia, la necesidad de estar juntos son tópicos de serie a los que hay que añadir, de vez en cuando, unos remordimientos baratos a causa del amor culpable. Por eso he evitado transcribir los párrafos que no contienen datos aprovechables, como son los que incluyen las iniciales R. y E. Al principio imaginé que con la R. trataba de encubrir en parte o de disimular el nombre de un persona conocida, cuya identidad intentaba preservar; alguien que pudo presentar a los amantes o hacer que trabaran relación tal como puede deducirse del contexto de la carta del 20 de diciembre de 1949:

En tu última carta, no sabes cuántas veces la he leído, me hablas de la moralidad de tu doctor R... y de cómo los acontecimientos de Argelia te han identificado más con él. Nunca podré olvidar la impresión que me causó y que gracias a él nos conocimos. ¿Te acuerdas? ¿Te acuerdas, amor mío? Nevaba. Desde entonces me gusta la nieve.

Deduje que quizá el doctor R. había muerto y que probablemente había tenido que ver con Argel. La situación de la colonia, que acabaría en una espantosa guerra, en 1949 comenzaba a preocupar a los franceses y eso me hacía sospechar que el interlocutor de mi madre no podía ser sino francés, aunque también pensé en algún exiliado español que hubiera luchado en la resistencia y, por cuyos méritos, el Estado le hubiera otorgado la nacionalidad francesa.

Hay otra carta, la única fechada en París, concretamente el 3 de marzo de 1950, en la que, junto a la palabra hotel, «nuestro hotel», aparece una E mayúscula y la indicación de un barrio, le Quartier Latin. Una cierta vergüenza, a pesar de mi edad ya provecta o tal vez precisamente a causa de ella, un extraño pudor, me lleva a dudar si transcribir el texto. No obstante, no sería honesto por mi parte pedirle ayuda escondiéndole información, una información, por otro lado, bastante clarificadora:

Te estoy esperando en nuestro cuarto. Me gusta llegar antes que tú. Me gusta saborear esos minutos previos a tu llegada —pero no tardes, mi amor, no te entretengas—, esos minutos de espera, de víspera del gozo. No me importa que la encargada del E me mire con cierta condescendencia: «Monsieur n'est pas encore arrivé»... * *Soy yo la que ha llegado antes de hora. He salido de casa con mucha anticipación, para poder saborear así, morosamente, con parsimonia, todos los minutos que me acercan a ti... Le he pedido al taxista que me dejara a dos manzanas, no he querido que me llevara hasta el hotel por precaución, por si alguien conocido*

---

* «El señor no ha llegado todavía.»

me viera bajar y entrar en el E. Aunque estoy segura de que
cualquiera que me hubiera visto andar los doscientos metros
que me separaban del hotel hubiera adivinado perfectamen-
te hacia dónde iba, con qué urgencia toda mi sangre gritaba
—grita— mi deseo de ti...

La referencia al barrio fue fundamental para aco-
tar las posibilidades de palabras que empezaran por E.
y pudieran dar nombre a un hotel. Una guía telefónica
de París del año 1949 me facilitó el trabajo. En la calle de
Saint Julien-le-Pauvre, concretamente en el número 4, muy
cerca de Notre-Dame localizaba un establecimiento llamado Esmeralde. En la guía de teléfonos de 2001 seguía
apareciendo. Con una enorme curiosidad, después de re-
servar desde Barcelona una habitación doble, no las había individuales, tomé el tren hacia París.

El Esmeralde es en efecto, tal y como esperaba,
un hotel modesto del Barrio Latino al que llegué —estúpida de mí— con la ilusión de que pudiera guardar los
libros de registros o, quizá en algún archivo, copias de las
fichas de inscripción de sus huéspedes, sin imaginar que
eso es precisamente lo que nunca se hace en ese tipo de
hoteles. La recepcionista, que, paradójicamente, por su aspecto severo y avinagrado parecía ser un antídoto contra
la concupiscencia o la presidenta de la primera liga antilu-
juria, conservada en formol, se mostró sorprendida con mi
petición, pero más boquiabierta se quedó cuando insistí
en que deseaba habitación para una semana y que aunque fuera doble, su uso sería únicamente individual. En
el Esmeralde no se habían hecho apenas cambios desde
1950 o no se notaban. Las cretonas y las colchas desgas-
tadas por el uso estaban, además, deshilachadas. Sus co-

lores guardaban sólo una lejana semejanza con los estampados originales. El suelo, los muebles y las lámparas tenían todo el aire de una madurez mal llevada. Incluso los espejos, había muchos, para estar también en consonancia con el *façonné* del conjunto, mostraban manchas de vejez, surcos y arrugas, como si trataran de acompañar con fidelidad la evolución de los rostros que mucho tiempo atrás se habían mirado en su superficie por primera vez. Puede que lo único remozado, pero aun así con precariedad de albergue estudiantil, fueran los baños. No, ciertamente el Esmeralde que yo conocí nada tenía que ver con los *meublés,* casi siempre lujosos, donde cada habitación trata de reproducir un estilo erótico diferente. Mientras me cruzaba con alguna pareja de amantes, gente discreta, de clase media, que probablemente disfrutaba más del placer de la clandestinidad que del sexual, me parecía que, de repente, les vería entrar a ellos, me encontraría con Cecilia Balaguer y su amante, frente a frente, cogidos del brazo o, quizá, no aparecerían juntos, sino por separado, sin expresar con sus gestos ninguna familiaridad, evitando mostrar que se conocían. Estoy segura de que, a pesar del tiempo transcurrido y de los enormes cambios sociales experimentados, los amantes clandestinos siguen pareciéndose.

Aproveché el viaje a París para recorrer, en una especie de vía crucis sentimental, aquel barrio. También repetí tres veces el trayecto en taxi al que alude mi madre en su carta y, como ella, pedí al chófer que se parara dos manzanas antes de llegar al hotel. Intentaba contemplarlo todo, no sólo como si lo recuperara para mí, sino viéndolo a través de los ojos de ella, como ella debía de verlo cuando viajaba a París. Ahora pienso que la enfermedad del abuelo le servía de excusa. Más que cuidarle y estar a su lado, mamá trataría de reunirse con su amante. Por lo que deduzco de las cartas, su relación no fue asidua, ni siquiera demasiado feliz. Sospecho que pasó por diversos períodos de ruptura, a juzgar por los reproches que le hace el 14 de noviembre de 1957 por la ausencia de noticias. Además, entre febrero de 1958 y diciembre de 1959, en que le escribe por última vez, no median cartas, por lo menos yo no las tengo. Claro que eso no quiere decir que no las hubiera. Barrunto, de todos modos, que si yo no llegué a conocerle entonces, es porque las cosas entre ellos quizá no fueran bien. Sin duda se arreglaron después, porque, de lo contrario, no le hubiera escrito desde Portbou una carta en la que se da por sentado que es correspondida.

Seguramente el lugar de sus citas fue París, siempre añorado por mi madre. En una carta fechada el mes de diciembre de 1949 escribe:

Hace un frío terrible, ese frío húmedo que penetra en los huesos. Salgo a la calle encogida. Todo el mundo, lo mismo que yo, se apresura, todos parecen tener prisa, prisa por ir a ninguna parte. Echo de menos París. Barcelona, que tanto me gustaba antes de la guerra, es una ciudad enlutada y llena de socavones. Las marcas de metralla en las paredes, agujeros por los que se cuelan los fantasmas del miedo, me recuerdan el terror de la guerra. Las restricciones eléctricas empeoran más aún las cosas ahora que es invierno. Miro hacia el cielo esperanzada, quién sabe si esas nubes vendrán de Francia, me digo, pero el cielo es de color ceniza, opaco, bajo, angustiante. París es otra cosa. París eres tú.

Tal vez fui engendrada en París, quizá en el hotel donde residí. Quién sabe, el azar tiene sus leyes, si en el mismo cuarto que ocupé. La idea no me seduce, más bien me llena la boca de un sabor que ni siquiera es agridulce sino amargo. Por París me paseé acompañada de una pareja invisible a la que seguí sin cesar. Convertida en su particular espía, intentaba adivinar de antemano qué lugares frecuentarían, qué itinerarios seguirían, de dónde vendrían antes de encontrarse en el hotel. Me preguntaba si volvían a verse fuera del cobijo furtivo de la habitación y si era así, dónde se citaban, en qué cafés entraban, qué sitios, parques, cines o teatros frecuentaban; en qué escaparates, probablemente ya inexistentes, habían visto reflejadas sus imágenes cuando la reverberación de la luz convertía las lunas en espejos.

Le aseguro que de tanto ir y venir acababa rendida no sólo física sino también, e incluso quizá más, psíquicamente, ya que no pensaba en otra cosa. Creo que hubiera podido reconocer a ciegas las rutas en las que les había encontrado y estaba segura de que, si en vez de tratarse de personas de carne y hueso, hubieran sido personajes de una novela, ahora podría ofrecerle todo tipo de detalles sobre los lugares parisinos por donde transcurrió su historia, con referencias de primera mano. A estas alturas sabría los motivos que les impulsaron, en especial a ella, una Cecilia Balaguer de ficción, hecha a la medida de sus cartas, a enamorarse de aquel desconocido —lo era para mí, incluso ahora lo sigue siendo todavía—, mientras que éste, convertido en un personaje surgido de las páginas de un relato, hubiera contado con un nombre y un apellido, una profesión determinada, una identidad concreta y un comportamiento justificado. No cabe duda de que la literatura es mucho más coherente que la vida, pero no podía caer en la tentación de hacer literatura. Debía evitar por todos los medios confundir realidad y ficción y por eso intentaba no tomarme demasiado en serio ciertas ocurrencias, que se me pasaban por la cabeza, referentes a Cecilia y a su amante. Necesitaba controlar la imaginación, en especial en torno a la figura de él. No quería dejarme llevar por nada que no tuviera una base real o, al menos, una base pretendidamente real, emanada de las cartas, y las cartas aportaban pocos datos.

Trataba de mantener la cabeza fría y rechazar la repugnancia que me producía el amante de mi madre, un personaje que se me antojaba odioso, se lo confieso, no sólo porque nunca hubiera mostrado interés alguno por mí a lo largo de su vida, ni siquiera la menor curiosidad por conocerme sino, sobre todo, porque él era el único capaz de arrancar a mi madre la máscara —¿lo era?— de su imperturbable frialdad. Paseando por París, me decía que quizá aún viviera y que tal vez con aquellas cartas intentara una aproximación aunque lo hiciera desde el anonimato. A lo mejor tenía aún que esperar nuevas indicaciones porque, aunque yo no supiera dónde encontrarle, él sí sabía cómo localizarme a mí. Pero su método me parecía poco apropiado. A veces pensaba que ya había muerto y las cartas que su viuda, hijos o sobrinos me hacían llegar, quién sabe si cumpliendo una manda testamentaria, eran la herencia que me dejaba. Tal vez el emisario, la persona gris en la que no me fijé, no fuera otro que mi hermanastro. También podía darse el caso de que, entre los papeles encontrados en el archivo de un difunto, hubiesen aparecido las cartas de mi madre y los descendientes del muerto, sabiendo nuestro parentesco, me las hubieran mandado, incluso sin haberlas leído y sin imaginar el trastorno que habrían de ocasionarme.

Pasé los primeros días de mi estancia en París sopesando todo eso, entretenida en el escenario, convencida de que los lugares de los que hemos sido asiduos se impregnan de nosotros, guardan en sus recovecos indicios y huellas. Nuestros rastros están ahí, permanecen al menos durante algunos años, aunque no nos percatemos de ello, a la espera de que nosotros u otros vuelvan a buscarlos. Confiaba encontrar allí el hilo propicio para salir del laberinto al conjuro de la evocación de los amantes y por eso dejé para más adelante lo que cualquiera que tuviera los pies bien asentados en el suelo hubiera hecho antes que nada: buscar a la enfermera, a la criada, a la portera, para tratar de reconstruir con sus aportaciones la vida de mi madre en París.

Siempre me ha faltado sentido práctico —se lo confieso— y eso sin duda influyó en que no empezara por ahí. Pero había, además, otra razón profunda que me llevaba a dilatar la búsqueda de las personas que pudieran facilitarme datos concretos y era el temor de que me sucediera en París lo mismo que me había ocurrido en Barcelona, durante el otoño de 2001, después de leer las cartas y antes de emprender el viaje a Francia, cuando tuve que sumergirme en mi niñez, volver a ese territorio tan devastado por el tiempo, para tratar de recuperarlo con la mayor objetividad posible, casi como si no me perteneciera, como si fuera un lugar ajeno. No fui capaz. No lo conseguí, la frialdad y la necesaria distancia se esfumaron en cuanto me enfrenté con los recuerdos. Y sentí miedo a que de nuevo, en París, el ejercicio de sistemática melancolía que tuve que realizar en Barcelona me dejara otra vez exhausta. No me quedó más remedio que empezar por pasar lista a las personas que en la década de los cincuenta fueron amigas o conocidas de mis padres, a cuantos había visto desfilar por el piso de Vía Layetana con más o menos asiduidad o de quienes les oía hablar en la mesa, gentes que parecían gozar del afecto de los míos. A menudo, sin embargo, por mucho que me esforzaba, sólo conseguía recuperar referencias vagas, indicios o detalles aislados que no sabía demasiado bien a quiénes correspondían, que no era capaz de concretar en una persona con nombre y apellidos. A veces me sucedía al revés, reconstruía escenas sueltas con actores precisos que no podía identificar, protagonistas de anécdotas descolgadas que flotaban aquí y allá, en el magma de la memoria, como si se hubieran desprendido de los nudos que las ataban a las cubiertas del barco y anduvieran a la deriva.

¿Quién era el inventor cuya cara volví a ver muchos años después en un museo alemán copiada por Ensor, nariz de tubérculo, entre nabo y patata, ojos velados por gruesos cristales ahumados, cristales más de soldador que de miope, puro en la boca y sombrero de fieltro verde con una ridícula pluma? «Sólo los rojos no usaban sombrero» —dicen que decía la propaganda de un avispado sombrerero de Madrid— y, en efecto, mi infancia estuvo poblada de desgraciados sombreros además de por las infelices gabardinas a la deriva, bajo el viento, que puso en un poema Jaime Gil de Biedma. ¿Quién era aquel inventor? ¿Cómo se llamaba? Solía aparecer por casa con distintos artilugios, casi siempre de uso doméstico: una máquina para empanar filetes, otra, masticadora de bolsillo que permitía «al desdentado convertir los solomillos en hamburguesas, en menos que canta un gallo», aseguraba él con un ripio infecto, muy útil para comer en un restaurante. Mi madre le compró la máquina para empanar, que nunca se usó, y la masticadora, quizá para el abuelo. Animado por esos éxitos, repetía las visitas con cachivaches variopintos. Recuerdo perfectamente el día en que sacó de su maletín, con solemnidad de mago, un mango de ducha que se conectaba mediante un cable a una cafetera. Como solía exhibir sus inventos en el office, estaban también las muchachas, tan aficionadas a sus demostraciones, como yo, aunque él, la verdad, no nos hacía ningún caso. Él se dirigía exclusivamente a mi madre, a quien era capaz de darle palique durante horas, rogándole que aconsejara a su marido para que invirtiera en la fabricación de sus patentes que ya tenía registradas, convencido del éxito de aquellos inventos tan revolucionarios. El último, el de la ducha-cafetera era, a su juicio, el más provechoso y económico, especialmente económico, puntualizaba, utilizando una palabra muy usual entonces, ya que a partir de ahí nadie desperdiciaría una gota de café, pues el café tardaría en salir el tiempo exacto en que permaneciéramos en la ducha. Ni un segundo más. El agua de la ducha se cortaría en cuanto el café comenzara a salir... «La ducha y el café ya para siempre en sincronía perfecta, señora, como cuerpo y alma, espíritu y materia...», concluía solemne.

No le compramos la ducha-cafetera. Mi madre le puso pegas. «Arreglados estaríamos cuando el café nos pillara a medio enjabonar —le replicó—, ... yo además no me ducho, me baño, y Josefa se ducha los sábados, mucho antes de preparar el café». «*Això és un invent per a homes sols*»,* insinuó la cocinera y todavía añadió: «*Vol dir que n'hi ha alguns als temps que corren?*»...**

Sólo cuando mamá no estaba y el inventor decidía esperar a que llegara se dignaba dirigirse a las muchachas, que en venganza le oían como quien oye llover, especialmente si su visita coincidía con el serial del que solían estar pendientes, llorando de entusiasmo con las tristes historias de Sautier Casaseca, como yo, cuando podía escucharlas, cosa que sucedía pocas veces porque mi madre me lo tenía absolutamente prohibido.

¿Y quién era la encopetada señora a la que saludé con un mordisco en vez de un beso, harta de sus arrumacos y cuyo perfume, demasiado dulzón a pachulí y jazmín, me mareaba? Tampoco puedo ponerle nombre a la primera secretaria de mi padre, que, tres días por semana, se encerraba en el despacho y tecleaba a máquina a velocidad

---

* «Eso es un invento para hombres solos.»
** «¿Quiere usted decir que hay algunos en los tiempos que corren?»

de vértigo, pero no tan deprisa, decía Rocío, como yo le doy a la Singer, una máquina de coser importada que mi padre había conseguido que nos mandaran de no sé dónde y que las muchachas enseñaron con orgullo al vecindario. La secretaria no duró mucho. Mamá la despidió de la noche a la mañana después de encontrarla revolviendo cajones. ¿Qué andaría buscando?, me pregunto ahora, para que mi madre le echara un rapapolvo tan fenomenal y la mandara a la calle «por meterse en asuntos que no eran de su incumbencia». Incumbencia, dijo. ¡Qué rara me pareció entonces aquella palabra que no entendí! «¿Quién se cree usted que es para meterse en asuntos que no son de su incumbencia?», repetía mi madre furiosa.

Pero no todas las personas a las que trataba de pasar revista carecían de identidad. De vez en cuando, en las zonas oscuras de la memoria, iban encendiéndose pequeñas luces que me permitían iluminar escenas precisas, con personajes concretos, perfectamente reconocibles cuyos gestos y perfiles, no obstante, estaban demasiado polvorientos, recubiertos de telarañas o agujereados por la carcoma. No me quedaba otro remedio que ventilarlos, quitarles el polvo, limpiar el moho y dejarles libres de adherencias si quería sacarles algún partido. En una libreta que compré aposta fui apuntando todo cuanto recuperaba de cada uno, eran casi dos docenas, porque de ese modo imaginaba que me sería más fácil buscarles después de tanto tiempo, con la esperanza de que supieran más de mi madre que yo, que apenas sabía nada, como me habían demostrado las cartas. Al tratar de dar con ellos iba comprobando que todos, o casi todos, habían ido desapareciendo y que los pocos que todavía quedaban no me servirían como testigos fiables. En su mundo de tinieblas, Cecilia Balaguer podía ser confundida con cualquier otro espectro del pasado. Hubo, sin embargo, un par de excepciones que, a pesar de su inutilidad aparente —no me aportaron ningún detalle que me ayudara a esclarecer nada de inmediato—, me ofrecieron puntos de vista distintos sobre mi madre, también opuestos entre sí y a la vez discordantes con el mío. Por eso, precisamente, creo que no los puedo pasar por alto. Esther Brugada y Rosa Montalbán eran, probablemente, las mejores amigas de mi madre. De niña yo también las frecuentaba.

A Esther la localicé con facilidad porque seguía viviendo en el mismo piso que cuando yo era pequeña, cerca de la catedral, no lejos de la casa de mis padres. Recuerdo que ellos solían ir a menudo a su tertulia, una tertulia a la que acudían una serie de personas que después he sabido que estaban muy vinculadas al Régimen. Algunas, como Bertrán y Musitu, tienen calle en Barcelona, y otras figuran en los libros de historia de la posguerra, como el general Ungría. Sus nombres me eran entonces familiares y hasta puede que les conociera, puesto que los Viernes Santos de mi infancia mis padres me llevaban con ellos a casa de la señorita Brugada para ver la procesión que pasaba por debajo de sus balcones. Nunca olvidaré cómo me reprendió un año porque saltaba a la comba en la cocina, donde me había refugiado, aburrida con la conversación de los mayores, mientras cantaba aquello de *El patio de mi casa...* Doña Esther me amonestó con una gran severidad. Me dijo que me estuviera quieta y sobre todo callada porque estar alegre y, lo que es peor, exteriorizarlo, en Jueves o Viernes Santo, era pecado mortal y, hasta que el Señor resucitara el Sábado de Gloria, todo el mundo debía llevar luto, incluso yo, aunque no hubiera hecho la primera comunión.

Encontrar a Rosa Montalbán me resultó mucho más difícil. La última vez que la había visto había sido en el funeral de mi padre y de eso hacía más de diez años, casi trece para ser exactos. Desde entonces no había vuelto a saber de ella. Ni su nombre ni el de su marido figuraban en el listín telefónico, una comprobación que venía haciendo sistemáticamente con todas las personas de mi lista. Me constaba que ya no vivía en la pomposa torre de Pedralbes donde yo había jugado muchas tardes porque los negocios de su marido habían quebrado a mediados de los setenta, coincidiendo con la muerte de Franco. Entonces se habían mudado al Paseo de Gracia y de allí a otra casa de la que no tenía la dirección. Creía recordar que procedía de la sierra de Teruel y suponía que allí podría quedarle familia. Repasé el mapa de la provincia por orden alfabético y empecé a llamar a todos los Montalbán que encontré en cada pueblo, de Albalate del Arzobispo a Rubielos de la Mora. Allí, finalmente, localicé a una sobrina que muy amable me facilitó el teléfono de su tía, que no figuraba a su nombre sino al del propietario del apartamento que ella tenía alquilado.

Mientras trataba de encontrar a Rosa Montalbán visité a Esther Brugada, que conservaba el mismo aire de cirio y rogativa que cuando yo la conocí, sólo que ahora le sentaba mucho mejor. Como si no hubiera arrancado las hojas del calendario de 1950 y acabase de salir de una misa de entonces, llevaba una mantilla puesta y eso le otorgaba un empaque sacro, casi cardenalicio, que le quedaba muy bien. Quizá los tiempos tan poco propensos a la religión en los que vivimos realzaban paradójicamente su figura, singularizándola. La beata, tal y como la llamaba Josefa, incluso delante de mi madre, que solía amonestarla por no referirse a la señorita Brugada con el debido respeto, pero yo creo que sin importarle demasiado, había gobernado la casa en funciones de viuda, aunque no lo fuera, o quizá sí, por partida triple, casta viuda de sus dos hermanos muertos en el frente y de un tercero vilmente asesinado en Paracuellos y madre putativa amantísima, mucho más que hermana mayor, de los que le quedaban, un falangista incorrupto y un canónigo de la catedral que celebró mi primera comunión —lo recuerdo bien— y que gozaba de fama como predicador y como articulista religioso no sé si de *La Vanguardia* o de *La Soli*.

Esther me recibió junto a una muchacha ecuatoriana, una persona buena y «adicta», según sus palabras, que había asistido a su hermano cura, fallecido a finales de los noventa. La casa conservaba intacta la atmósfera tétrica que yo recordaba, llena de muebles oscuros estilo renacimiento, «remordimiento», lo llamaba mi padre, reproducciones de pintura religiosa, un gran retrato de Franco y otro de Pío XII, a ambos lados de una panoplia enorme llena de espadas, algunas auténticas obras de arte de forjador con firma incluida. El ambiente —me di cuenta enseguida— no era propicio para iniciar ninguna indagación de cariz sentimental aunque fuera ajena a su vida y afectara sólo a la de una amiga. La señorita Brugada, que según Josefa era de las que iban al Paralelo para exigir a las personas que hacían cola delante del Molino que se volvieran a casa, amenazándolas con el infierno, me dijo que se alegraba mucho de mi visita, que tomó como si fuera de pésame —a pesar del retraso de dos años— por la muerte del canónigo, que, estaba segura, Dios tenía en su Gloria, y aunque yo no lo estuviera tanto como ella, sí recordaba haberme enterado de su muerte por la esquela aparecida en el periódico, sin haberme preocupado de ir al funeral ni escribirle unas líneas con las consabidas palabras convencionales. En cuanto me fue posible —ella seguía insistiendo en las innumerables virtudes del finado con frases hechas que me retrotraían al habla de mi infancia— traté de desviar la conversación hacia la persona de mi madre.

—Tu madre era un encanto. Puedes sentirte muy orgullosa de ella. Dios, Nuestro Señor, la tenga en su Gloria —añadió, mirando de reojo mi camiseta que debió de considerar en extremo escotada—. Cecilia era una persona íntegra, de una gran moralidad. Mi hermano era su confesor. ¡Qué alegría haberse reencontrado en el cielo! —puntualizó dando un gran suspiro.

Imaginé de pronto al canónigo contándole los pecados de su hija de confesión, los pecados de amor, los únicos que a mí me interesaban y me alegré. Quizá Esther acabaría por confesarme lo que yo quería saber, lo que en realidad había ido a buscar a aquella casa: chismes, habladurías sobre mi madre que, sin embargo, no carecían de fundamento. Pero después de aquella pausa continuó con absoluta normalidad:

—No sé si nos hicimos amigas a través de mi hermano o si fue el general Ungría quien trajo a tus padres a la tertulia. Enseguida congeniamos. ¡Ya lo creo...! Cecilia era estupenda y estaba siempre dispuesta a ayudar, siempre dispuesta a hacer el bien...

Hablaba así, con frases estereotipadas, sacadas de un libro de pláticas.

—Los jueves nunca faltaba a la tertulia. Nos gustaba a todos estar juntos. Teníamos la misma ilusión: la prosperidad de la Patria. Nosotras ayudábamos en el Auxilio Social. Además, solíamos ir al Cotolengo. Cecilia me acompañaba una vez por semana. La institución la había fundado el Padre Alegre, un jesuita estupendo, para atender a los enfermos desahuciados, aquellos que en los hospitales se quitaban de encima, los más necesitados. Entonces eran muchas las señoras que íbamos allí para ayudar a las monjas, no como ahora que ya la caridad se subió al cielo... Nadie ayuda a nadie y triunfan el demonio, la lujuria y el egoísmo... ¡Si hasta no nacen niños!... En todas partes reina el despilfarro materialista y la tacañería con Dios...

—Mamá sólo me tuvo a mí —osé insinuar, tratando de centrar de nuevo la conversación en Cecilia, a pesar de que me divertía escuchar aquel monólogo a medio camino entre el nacional-catolicismo y el Opus Dei, cuya fecha de caducidad me parecía sobrepasada al menos en medio siglo.

—A Cecilia le encantaban los niños. Dios no quiso enviarle más. ¡Pobrecilla...! Ella aceptó su voluntad, siempre confió en Él. No en vano era de misa y comunión diaria...

La imagen que Esther Brugada me ofrecía de mi madre tenía poco que ver con la que yo guardaba. Es cierto que mi madre visitaba el Cotolengo e incluso alguna Navidad me llevó allí para que viera el Belén, y era verdad que ayudaba a los pobres del barrio, algunos tullidos o mancos a consecuencia de la guerra. A menudo, al volver del colegio encontraba uno sentado en la cocina, comiendo mientras entablaba conversación con Josefa sobre sus miserias. Pero fuera de eso no recuerdo que frecuentara demasiado la iglesia ni que fuera a misa todos los días. Los domingos sí, con mi padre y conmigo desde que hice la primera comunión. Tampoco tenía idea de en qué consistía esa voluntad de Dios que mi madre aceptaba de modo tan resignado...

—A todos se nos exigen sacrificios. Cuanto más nos quiere Dios, más nos pide. Me acuerdo de Eva Perón. Se parecía a tu madre. Tan fina, tan delicada. Nadie sabía que estaba muy enferma cuando vino a Barcelona en 1947. Hizo esperar al Caudillo casi dos horas en Montjuïc, con el estadio lleno, porque dudaba qué sombrero ponerse o porque el peluquero no daba con el peinado adecuado... Eso es lo que se dijo. Sin embargo no era eso lo que pasaba, lo que pasaba era que se encontraba mal, que se había puesto casi a morir y se había tenido que quedar en el hotel, en el Ritz, a la espera de que le administraran un calmante. En cuanto le hizo efecto y pudo ponerse en pie, salió hacia Montjuïc... Imagínate su valor, su humildad: pasar por frívola antes que por enferma... Ya no duró mucho, pobrecilla. Tenía leucemia. ¡Qué mujer!... No sé cómo su Santidad no la canonizó, se lo merecía, tenía un gran sentido del deber, del sacrificio. ¡Qué lección de coraje nos dio, Señor!... El Caudillo estaba que echaba chispas. «Lo que hay que aguantar por un poco de trigo», parece que dijo. En mi tertulia del jueves no se hablaba de otra cosa pero eso ocurrió mucho antes de que tu madre la frecuentara. Sí, por lo menos tres o cuatro años antes...

Tampoco lo que me contó Rosa Montalbán se aviene con la memoria que guardo de mi madre. Rosa vivía en un pequeño apartamento del Raval de Barcelona, con una dignidad estoica. Al morir su marido dejó el piso del Paseo de Gracia, demasiado grande, y se refugió en el anonimato del barrio más modesto que encontró, donde nadie supiera sus antecedentes y donde nadie tampoco se los habría de preguntar. Me recibió una tarde de finales de enero con su compañero de piso ronroneando junto a sus piernas. El gato, que se sabía el amo de la casa, me dedicó un par de miradas de indiferencia antes de dar un salto para ir a sentarse en la falda de la señora Montalbán, que parecía encantada con el calor de aquel braserillo ambulante. Me costó mucho identificar, en el rostro surcado por tantas marejadas, los rasgos que yo recordaba: ojos brillantes, reidores, labios jugosos, óvalo redondo, nariz chata, porque durante una época fue una de las personas más asiduas de mi casa, una de las que más caso me hacían, quizá porque no tenía hijos. Después de la muerte de mi madre, apenas había vuelto a verla. Recibía, todos los años hasta que me casé —eso sí—, un regalo de Reyes y otro de cumpleaños. Para la boda estaba empeñada en encargar a Pertegaz el traje de novia, pero yo me casé con un vestido de calle, sin ceremonia ni apenas convite, de manera que Rosa tuvo que conformarse con pagar una serie de electrodomésticos. Vivía todavía en el Paseo de Gracia, donde la visité alguna vez, pero luego, por culpa de mi desidia, dejé de hacerlo y perdimos el contacto. Pese al tiempo transcurrido, no tuve que demorarme en cumplidos ni en circunloquios. Rosa era una mujer lista e imaginó enseguida que mi visita se debía a alguna razón concreta y me preguntó directamente en qué podía ayudarme. También yo le contesté sin tapujos: ¿qué sabía ella de mi madre? ¿Cómo era la Cecilia Balaguer que había conocido? Rosa se refirió, en primer lugar, a la belleza de su amiga, una característica que parecía de obligada referencia a la que, no obstante, Esther había aludido de pasada, al compararla con Eva Perón, quizá porque según los parámetros de su concepción del mundo, debía de considerarla más bien un estorbo para alcanzar el cielo. Rosa, inmediatamente después, alabó las cualidades de Cecilia y, entre ellas, citó su capacidad de simulación, de disimulo, insistió, y ante mi mirada inquisitiva me contó que tanto ella como mi madre no tuvieron otro remedio que pasarse media vida representando, haciendo comedia, puntualizó, para ocultar que habían perdido la guerra delante de unos y hacerse perdonar que eran de los vencidos delante de los que conocían su procedencia. Casadas como estaban con personas que la habían ganado, tenían que manifestar que pertenecían al Régimen, que eran adictas al Glorioso Movimiento Nacional. Sin embargo, les resultaba muy difícil olvidar el pasado. Para ella la condena a muerte de su padre, después de pasar por el penal de Ocaña, donde había sido compañero de Miguel Hernández, constituía una herida abierta que nunca habría de cerrarse, como para mi madre lo había seguido siendo el exilio de mi abuelo.

La voz de Rosa tenía un tono de sinceridad que la hacía mucho más próxima. Le dije que no sabía nada de lo ocurrido, que nunca hubiera imaginado que procediera de los vencidos, ni que pudiera acarrear aquella carga de penas.

—No te preocupes, es natural, lo raro sería que lo supieras.

Luego como si fuera para ella misma, en voz baja, apesadumbrada, voz de confesión, fue desgranando delante de mí los recuerdos de su padre, un hombre bueno, un sindicalista de una pieza, honesto a carta cabal, militante de la CNT, pacifista convencido, al que horrorizaban las barbaridades que uno y otro bando cometieron... Jugándose el pellejo escondió en su propia casa a curas y a gentes de derechas, perseguidos sólo por eso, por ser de derechas, con el riesgo de que los suyos le acusaran de contrarrevolucionario. Pero de nada le sirvió haber sido tan generoso. Acabada la guerra fue encarcelado y condenado a muerte. Lo mataron en el año 42, a pesar de que algunos de los que le debían la vida testificaron a su favor, como se recoge en el sumario que un sobrino de Rosa había conseguido consultar y donde se decía que, en efecto, Gregorio Montalbán merecía como persona un monumento de gratitud, pero como anarquista revolucionario, como sindicalista, debía ser fusilado... Durante mucho tiempo —cuando su padre murió Rosa tenía trece años— su madre le prohibió que hablara de él fuera de casa:

—Lo hizo, pobre madre mía, por absoluta necesidad de supervivencia, no porque no le quisiera, sino porque se daba cuenta de hasta qué punto los mismos que injustamente condenaban a mi padre nos imponían el olvido, conscientes de que de ese modo lo mataban dos veces. Por eso los vencidos, al menos hasta principios de los sesenta, nos vimos obligados a llevar una doble vida, a ejercer sobre nosotros mismos una estricta vigilancia para que nadie, ni siquiera los más cercanos, lo notaran...

El gato, quizá cansado de las caricias de su ama, que no había dejado de pasarle la mano por el lomo, pegó un salto. Eso la sacó de su aparente ensimismamiento. Y como si se diera cuenta de que por una vez no hablaba con él, que yo estaba frente a ella, escuchándola, me miró y continuó insistiendo en lo mismo, ahora, sin embargo, en voz más alta:

—El hecho de que alguien pudiera demostrar que nosotras seguíamos siendo republicanas podría tener consecuencias nefastas para todos. Por eso, tanto tu madre como yo, tratábamos de actuar como si perteneciéramos de corazón al Glorioso Movimiento. La costumbre de callar nos ayudaba y la obligación, en aquella época, tan distinta a esta tuya, de servir a los maridos y secundarles en todo, también. Eran otros tiempos...

Rosa Montalbán justificó en esos dos motivos el hecho de que mi madre aceptara relacionarse con las fuerzas vivas de la ciudad, con falangistas y oligarcas del Régimen, con los que mi padre estaba muy interesado en estrechar lazos que le permitiesen extender los negocios inmobiliarios que acababa de emprender.

—En la sociedad barcelonesa de entonces Cecilia hizo muy buen papel. Siempre elegante, cordial, cálida, amabilísima...

Le repliqué que mi madre era muy poco expresiva, quizá por timidez, que era más bien seca, poco comunicativa.

—Tú, pobrecilla, no te debes de acordar. Tu madre era una de las personas más simpáticas y más generosas que he conocido.

Y señaló un jarrón de cristal tallado, enorme, con un solemne pie de plata, quizá el único elemento un poco lujoso de aquella salita reducida y sin pretensiones. En el jarro había un ramo de flores secas, polvorientas, muy tristes.

—Tu madre me lo regaló —dijo, mientras se levantaba con dificultad y arrastrando los pies iba hacia una cómoda arrinconada contra la pared—. Todavía guardo su tarjeta. La he buscado para enseñártela —afirmó, mientras abría un cajón—. He pensado que te gustaría —añadió tendiéndome un sobre de un azul palidísimo de donde sacó un tarjetón también azulado con las iniciales de mi madre impresas:

Querida Rosa: cuando las rosas se marchiten tendrás el jarrón para poner otras. Me gusta regalar flores pero me gusta más todavía regalarlas en jarrones. Es como si le diera posibilidades a otras flores. Llénalo pronto otra vez.

—Bonito, ¿no? Escribía bien tu madre. Tienes a quien parecerte. Alguna vez me dijo que las personas a las que más admiraba eran los escritores. A ella le hubiera gustado serlo. Quizá por eso leía mucho, autores franceses, para no perder el idioma, aseguraba. Aquí estaban prohibidos los que le gustaban: Gide, Maurois, Camus... Me parece que a escondidas también escribía.

Repliqué, creo que equivocadamente, que a mi madre le interesaba la pintura, que era a los pintores a quienes admiraba. La pintura sí le entusiasmaba.

—Cecilia era lo que llamamos un temperamento artístico —concluyó Rosa Montalbán, con una frase que me retrotrajo cuarenta años atrás, quizá los mismos que hacía que no la había oído pronunciar—. Era de una gran sensibilidad —proseguía ella con sus elogios—. Guapísima por fuera y por dentro. Muchos hombres envidiaban a tu padre. Estoy segura de que muchos hubieran dado su mano derecha por conseguir sus favores. Hasta el gobernador civil, Baeza Alegría, que por cierto era aragonés, como yo, la sometió a un asedio difícil con la excusa de hacer de mediador entre las altas esferas para que dejaran volver a tu pobre abuelo. A Baeza le gustaban mucho las chicas guapas. Decían que era el amante de Carmen de Lirio. «Es belleza con delirio / es guapa con lozanía / se alimenta de Alegría / y es tan pura como el lirio. / Ella es tan buena persona / que de muchos es querida / justo es que paguen su vida / las gentes de Barcelona...» Todo el mundo la cantaba... Quizá no era verdad que se entendieran pero se decía, ya lo creo... Y cuando el agua suena... ¿Te ha gustado?

—Mucho, ¿puedo anotarla?

—Lo que sí era verdad —continuó—, eso sí, es que Baeza más de una vez le tiró los tejos a tu madre dándole a entender que lo sabía todo de sus antecedentes, que la tenía en sus manos. No era difícil teniendo en cuenta que Cecilia se llamaba Balaguer y que tu abuelo había sido un político de la Generalitat. A pesar de la estricta moralidad que parecía imperar y que tanto pregonaba la Iglesia y por la que velaban los obispos en sus pastorales, obligándonos a llevar medias en agosto, vestidos siempre con manga o a tomar el sol en la playa con el albornoz puesto... Sí, sí, no te rías, es cierto. De puertas hacia dentro era muy diferente. Mientras no trascendiera, mientras no se divulgara, todo estaba permitido. Nunca los *meublés* de Barcelona estuvieron tan llenos, ni tuvieron una clientela de tanta misa. Yo creo que nuestros maridos también los frecuentaban. Al menos el mío —matizó ante mi gesto de sorpresa—. No me refería a tu padre. Me refería a que en aquella época era casi natural. Muchas celebraciones de negocios acababan en los *meublés* con las queridas de turno. A mi marido le conocí unas cuantas. Bueno, no me las presentó, pero tampoco hacía falta. Resultaba evidente. Y ¿sabes cómo lo adivinaba? Por el olor, el olor de su ropa al volver a casa de madrugada. El olor de los diferentes perfumes que traía, más intenso o menos, más o menos lujoso, desde Maderas de Oriente a Chanel número 5... Siempre he tenido buen olfato, todavía lo conservo. Además, durante una época, si la costumbre de llegar tarde se prolongaba, solía hacerme buenos regalos. El primer abrigo de pieles, el de astracán, el de visón vino después, fue fruto de unas largas ausencias nocturnas pretextando negocios. Él me engañaba y yo también, porque sabía que me engañaba y no me atrevía a decirle nada. No me atrevía a protestar, ni siquiera a lamentarme. Aceptaba sonriente los regalos, en prueba de amor, como aseguraba, también en prueba de su buen ojo bursátil, de su capacidad para verlas venir... «En el mundo de los negocios hay infinitos tontos dispuestos a perder su fortuna, yo sólo me pongo a su disposición», solía decir cuando arruinaba a alguien... Por eso el día que Facerías entró en el *meublé* de Pedralbes y mató a Masana, que malas lenguas decían que estaba allí con una sobrina suya menor de edad, me alegré... Sí, sí, no me mires con esta cara. Te lo confieso. Puede que hiciera mal. A pesar de que la guerra nos había acostumbrado al trato cotidiano con la muerte y nos alegrábamos de la muerte de los enemigos porque de la muerte, sólo de su muerte, surgiría la victoria, cualquier muerte, especialmente las violentas, es digna de lástima. A tu madre fue a la única persona a quien le confesé que, en cierto modo, me sentía vengada por Facerías, que eran muchas las señoras de Barcelona que nos podíamos sentir así. Cecilia era la única que podía entenderlo, la que más se parecía a mí. Por eso congeniamos tanto y fuéramos adonde fuésemos, al Cotolengo, o a la Terraza Martini, siempre procurábamos ir juntas... Yo para ella no tenía secretos...

—¿Y ella te lo contaba todo?

—Sí, claro que sí —contestó rápida—, pero ella tenía poco que contar. A ella su marido no la engañaba, la quería. Tu padre estaba enamoradísimo de tu madre. Igual que ella de él. Ella no vivía más que para su familia, para ti, para su marido y para tu pobre abuelo, que tantas zozobras le causaba. Cecilia era extraordinaria. No sabes cuánto la eché de menos y cómo lloré su muerte. ¡Maldito accidente!

—Me han hecho llegar unos papeles de mamá, unas cartas de las que se deduce que quería a otro hombre, alguien de quien yo podría ser hija —aventuré enrojeciendo, con voz avergonzada.

—¡Qué disparate!, ¡qué absurdo! —me cortó con contundencia—. ¡Si eres exacta a tu padre! Clavada, como dos gotas de agua. No hagas ni caso. Cecilia fue siempre fiel a su marido. De lo contrario yo lo hubiera sabido, te lo aseguro. Antes de casarse tuvo un novio. Le había conocido en Francia, en la resistencia, pero lo dejaron poco antes de empezar a salir con tu padre. De casada no tuvo aventuras y eso que ocasiones no le faltaron. Pongo la mano en el fuego y no me quemo. Nada de nada. Puedes estar tranquila. ¿Quieres tomar un refresco? —me preguntó amablemente, como si con el ofrecimiento diera por terminada la conversación, y sin que yo me atreviera a sacar la carpeta con las cartas.

Entonces tuve la impresión de que Rosa Montalbán no me escondía nada, que era sincera, y por eso consideré que lo mejor que podía hacer por ella era preservar ante sus ojos el recuerdo de mi madre sin demostrarle —las cartas eran la prueba— que, por supuesto, no se lo contaba todo, que sí tenía secretos. Aunque quizá Rosa me mintió y no por temor a defraudarme sino porque juró a su amiga que nunca revelaría a nadie sus confidencias.

Antes de levantarse para despedirme, haciéndome prometer que volvería a verla pronto, cosa que no cumplí y de la que me arrepiento porque ya nunca tendré otra oportunidad —Rosa Montalbán murió a consecuencia de una caída cuando yo estaba en París—, me aconsejó que no tuviera en cuenta nada que pudiera ensuciar la memoria de mi madre. Porque la memoria, añadió, era lo único que me quedaba de ella. Lo dijo después de referirse a las toneladas de olvido con las cuales, como si fuera cal viva, durante los últimos veinticinco años habían vuelto a cubrir a los muertos del franquismo. Una injusticia monstruosa que no le cabía en la cabeza y que, a su entender, de ninguna manera ayudaba a que la gente tuviera confianza en las instituciones democráticas que, con la excusa de la reconciliación nacional, dejaban impunes los peores crímenes, como el de su padre, y glorificaban con homenajes y medallas el comportamiento de fascistas probados y comprobados, incluso de responsables de la muerte de personas inocentes. Durante la dictadura fueron muchos los que, como ella, vivieron con la esperanza de que, una vez muerto Franco, se les haría justicia. Pero nada de eso ocurrió. A ningún Gobierno le interesaba retornar la dignidad a las víctimas y eso era lo mínimo que podían hacer por todos los inocentes muertos, por todos los condenados y represaliados por el dictador.

De pie junto a la puerta, apoyada sobre el respaldo de una silla, Rosa Montalbán no me dejaba ir. Quizá hacía tiempo que necesitaba decirle a alguien que no fuera su gato cuanto pensaba y lo hacía con una extraordinaria claridad de ideas, un tono de voz indignado y triste pero a la vez sereno:

—La transición, digan lo que digan los políticos, no me parece un ejemplo de nada, es un fraude edificado sobre la negación de la memoria... El nuestro es un país de amnésicos. No me extraña que tanta gente padezca Alzheimer... A veces pienso que se trata de una enfermedad inducida por quienes siguen velando para que todos pasemos por las horcas del olvido...

—No es tu caso, tú te acuerdas de todo...

—Por supuesto que me acuerdo —protestó—, y por eso he aguantado tanto tiempo, pero estoy muy decepcionada y muy cansada... Al llegar la democracia nunca imaginé que las cosas continuasen como antes, que nos obligaran a seguir teniendo recuerdos clandestinos, que la memoria de nuestros muertos, en especial si eran anarquistas, siguiera estando secuestrada... Soy vieja y no me importa morirme, pero sí irme de este mundo sin que ninguna entidad, ningún organismo oficial se encargue de devolver la honorabilidad a mi padre, demostrando su inocencia, dejando claro que su muerte fue un crimen como tantos otros...

Salí de aquella entrevista impresionada por cuanto Rosa me había contado de su padre, prometiéndole que escribiría algo sobre él, pero muy decepcionada en relación a mi madre. Sin duda el paso del tiempo había hecho que tanto Rosa Montalbán como Esther Brugada idealizaran, cada una a su manera, a Cecilia; en cambio en mí había influido de otro modo, agudizando sus rasgos negativos en venganza por el abandono en el que me había sumido su muerte.

Del mismo modo que Barcelona había mudado de piel muchas veces y que nada, o casi nada, tenía que ver con la de mi infancia, sino con otra ciudad, mucho más *rica i plena,* más orgullosa y pagada de sí misma, que había conquistado incluso el mar, también, pero a la inversa, los recuerdos de Cecilia se habían ido transformando, a medida que el tiempo transcurrido los empujaba hacia atrás para arrinconarlos en los desvanes de la memoria de quienes la conocieron. En cuanto ellos desaparecieran, muchos ya lo habían hecho, Cecilia se iría diluyendo en ausencia para acabar siendo una pequeña mota de polvo en la solapa de la historia doméstica, de la historia familiar que también con mi muerte sería aventada, pues ni mis hijos —no los he tenido— podrían siquiera rememorarla y, en consecuencia, ofrecerle unos segundos de vida. He condenado a Cecilia a no tener nietos, quizá de manera inconsciente he querido castigarla. No sé, además, ya poco importa.

No estaba dispuesta a seguir los consejos de Rosa, que se contradecía recomendándome que me acordara sólo de una parte, de la parte positiva de mi madre y me olvidara de los papeles que cuestionaban la legitimidad de mi nacimiento. Yo necesitaba saber por encima de todo hasta qué punto sus cartas, que eran auténticas, de eso no me cabía la menor duda, eran a la vez sinceras, decían la verdad. Estaba decidida a seguir adelante por muy mal parada que Cecilia Balaguer saliera de mis pesquisas, a pesar de saber que jamás podría restituir a los hechos su perfil exacto, porque tampoco los recuerdos lo conservan. Además tenía la intuición de que los de Rosa y los de Esther ya no podrían ser contrastados con los de nadie más. Sin embargo, seguí buscando. Hablé con la oficiala de la modista que heredó su taller, con las sobrinas de Josefa, con una hermana de Rocío. Todas cantaron alabanzas de mi madre y todas se refirieron a sus consabidas cualidades. Pero ellas eran epigonales, no pertenecían a mi infancia.

Me daba cuenta de que todos los referentes de mi mundo infantil, que a pesar de ser de posguerra fue blando y consentido, no existían ya. Habían ido diluyéndose, palideciendo hasta desaparecer. Debía de hacer casi dos décadas que eso ocurría, pero hasta entonces la evidencia de la pérdida no había sido tan rotunda ni tan sobrecogedora. Al mirar hacia atrás, contemplaba sobre todo rostros de difuntos. Las personas que me habían rodeado cuando era pequeña, no sólo la familia o los amigos de mis padres, sino vecinos, gentes del barrio con las que me encontraba yendo o volviendo del colegio, guardianes de un orden diminuto y doméstico, habían ido desapareciendo porque ya les tocaba. Pero a pesar de ser ley de vida, como dice la gente, su constatación —usted quizá ya lo sabe y si no lo sabe, también algún día lo comprobará por propia experiencia— produce una sensación de terrible trastorno. Nos enseña que estamos a la intemperie o, quizá, sólo cobijados por los muertos.

Por eso en París, para no tener que enfrentarme con más sombras, había retrasado, aunque de una manera inconsciente, ir en busca de la portera o tratar de encontrar a la enfermera o a la criada del abuelo. Pensaba que la portera quizá había muerto, pues era mayor cuando yo la conocí, pero su hija probablemente vivía. Tenía siete años más que yo y alguna aburrida tarde del remoto invierno parisién había subido a jugar conmigo. Barruntaba la posibilidad de que hubiera heredado la colocación de su madre o al menos me pudiera dar referencias —era muy charlatana y entrometida— de las personas que frecuentaban la casa del abuelo, o se aviniera a hacer el esfuerzo de recordar detalles, por mínimos que fueran, del comportamiento de mi madre, cualquier insignificante ojo de aguja que me permitiera enhebrar los hilos con los que remendar los rotos más escandalosos del traje secreto de Cecilia Balaguer.

Una mañana todavía muy fría de comienzos de marzo, con uno de esos cielos parisinos acorazados por la opacidad de nubes grises, llamé al timbre de la portería de la casa del abuelo. Nadie me contestó. Apreté el botón varias veces inútilmente. Iba a marcharme ya cuando vi que un señor abría la puerta desde dentro. Con la mano izquierda tiraba de la correa de tres perros, un labrador y dos cachorros de cócker que enseguida me hicieron fiestas. Los acaricié para corresponder a sus saludos, algo que su amo tomó por un cumplido. En agradecimiento, no tuvo inconveniente en informarme de que la comunidad de propietarios había decidido prescindir desde hacía tiempo, unos quince años, de la portera conformándose con los servicios de una mujer de la limpieza, mejor dicho, de un hombre, ya que era un paquistaní el que cumplía con la función de fregar la escalera de vez en cuando. El vecino, que era bastante comunicativo y cuyo parecido con el labrador resultaba más que notorio —ostentaba como éste unas grandes orejas a lo príncipe de Gales, pero más caídas—, me dijo que la vieja portera había muerto, pero que tenía el teléfono de su hija Pauline, que, en efecto, la había sustituido una temporada, y que con mucho gusto me lo daría en cuanto *Bogart, Quenka* y *Lune* visitaran sus árboles predilectos.

Agradecidísima y muy bien lamida, aguardé a que volvieran. Monsieur Clemenceau, Professeur Agregée de Filosofía de la Sorbona, según se me presentó, cuando yo a mi vez le dije quién era, muy amable, me ofreció subir a su casa, que quedaba justo arriba de la que había sido del abuelo. Al entrar me di cuenta enseguida de que la distribución era exacta. A la derecha, la sala, el comedor y la cocina. A la izquierda, el pasillo que conducía a las habitaciones. Mientras el señor Clemenceau buscaba en su agenda el teléfono de Pauline, me acerqué a la ventana. Quería comprobar hasta qué punto podía distinguirse desde allí a las personas que pasaban por la calle, con qué nitidez se percibía su silueta a la vez que hacía un esfuerzo para tratar de encontrar algún rasgo que me hubiera pasado por alto cuando vi al hombre de la gabardina. Pero fue inútil. No pude recordar nada nuevo.

La hija de la portera vive en un barrio periférico de París, al que se llega en suburbano tras tres cuartos de hora de traqueteo, un barrio mestizo, habitado por una gran mayoría de árabes, o al menos aquella tarde se paseaban por sus calles numerosos grupos de hombres con chilabas, hablando y fumando. Pauline regentaba allí una pequeña pastelería, todavía la regenta, donde me recibió mientras despachaba dulces marroquíes, panecillos de Viena y croissants, en una magnífica promiscuidad. Entre risas que no parecían sorprender en absoluto a la clientela, acostumbrada a su carácter extrovertido, me abrazó y me besó varias veces. En cuanto pudo, y un poco antes de lo habitual, decidió cerrar para que habláramos con mayor intimidad. Bajó la reja y puso los candados mientras me aseguraba que no había cambiado nada, que era exacta a cuando ella me había conocido, hacía la friolera de cuarenta y tres años... Cuando pienso que el recuerdo que tenía de mí era el de una niña de siete, dudo mucho de su percepción, y por eso no sé si cuanto me contó puede tomarse en serio, a pesar de que ella insistió todo el rato en que tenía una memoria excelente. Ante una bandeja de pastelillos que me conminó a comerme y que acabó por engullir entera ella sola, Pauline comenzó por evocar a mi madre, tan guapa, tan elegante, a la que yo, por descontado, no me parecía nada. Con la frase me hizo retroceder hasta el cuarto oscuro de mi infancia. Pero, quizá dándose cuenta de que había metido la pata y para compensar una constatación tan poco diplomática, añadió que la *dame espagnole* —así conocían los vecinos a mi madre— era también muy estirada, adusta y poco propensa a las familiaridades, no como yo, que había hecho un viaje para reencontrarla y ahora estaba allí, merendando a su lado, como si fuéramos dos amigas de toda la vida. Me costó esfuerzos que Pauline —que hablaba por los codos y no paraba de contarme su vida: dos matrimonios, una docena de ocupaciones distintas, portera, florista, taquillera, maquilladora de cadáveres, etcétera, hasta llegar a encargada de aquella pastelería— se centrara en mi madre y en especial, en todo lo que de la *dame espagnole* le había podido contar la suya.

La visita no fue en vano. Regresé al hotel con tres informaciones fundamentales, o por lo menos desconocidas por mí hasta entonces. Primera, no hacía falta que perdiera el tiempo buscando el paradero de la criada: había emigrado a la Guayana francesa hacía mucho tiempo para reunirse con su hijo. Segunda, sabía dónde encontrar a la enfermera. Según Pauline, después de morir el abuelo, entró a trabajar en el Hospital de la Cruz Roja. Tercera, mi madre tenía en París amigos influyentes de los que hablaban los periódicos, aunque ella sólo conocía el nombre de una, María Casares, a quien una tarde vio subir a casa del abuelo a tomar el té. El hecho no me pareció nada extraordinario: María Casares era española. Su padre había sido un político republicano e, igual que mi abuelo, estaba en el exilio; no tenía nada de particular que la hija de Casares Quiroga y mi madre se conocieran, aunque yo no hubiera oído hablar jamás de ello. Y todavía me regaló otro detalle aún más valioso: cuando su madre, a finales del año 60, después de la muerte del señor Balaguer, recibió el encargo de desmontar el piso, supervisada por la que pasaba por ser la mejor amiga de Cecilia en Francia, la señorita Dora, ella la ayudó. Pauline, que tenía entonces diecisiete años, se había encargado, en particular, de la habitación de mi madre y había metido en cajas de cartón todas sus pertenencias. Todavía se maravillaba del tacto de seda de los camisones repletos de encajes, del lujo de blondas de su ropa interior, de la finísima transparencia de las medias, de auténtico cristal. «Tuve que vencer la tentación de hacer desaparecer algún par», me decía riendo... Naturalmente, también recogió cartas y libros... Contestaba así a mi pregunta acerca de si encontró papeles, porque yo le había dicho que estaba escribiendo una biografía del abuelo y quería incluir referencias sobre mi madre en homenaje a la mujer desaparecida en plena juventud.

—Libros, sí, libros en francés, en catalán y en español. Y otros papeles. Todo fue a parar a unos contenedores que un camión de mudanzas se llevó a España.

De esa mudanza no sabía nada. Cuando el abuelo murió, le oí decir a mi padre que dejaría libre el piso de París, pero no recuerdo que se refiriera a que las pertenencias del abuelo o las que pudieran todavía quedar allí de mi madre habían de volver a España. Parecía natural que entre las de Cecilia hubiera, si no cartas de su amante, quizá rotas o quemadas por precaución, una mínima pista. Pero ¿adónde había ido a parar todo aquello? ¿Recordaba Pauline adónde se dirigía el camión? ¿A Barcelona? ¿Al piso de Vía Layetana? ¿A un guardamuebles? No, no lo recordaba, pero sí qué compañía se había encargado del traslado porque salió unos meses con uno de los chicos que cargaron el camión. Las mudanzas se llamaban Rapide y tenían la oficina en la Avenue des Termes. Quizá con un poco de suerte en sus archivos se guardara aún el albarán. Decidí invitar a Pauline a tomar ostras en la brasserie La Coupole, en el bulevar Montparnasse. Se las había merecido. Yo también me las merecía.

Al salir, en el mismo bulevar, había una librería abierta. Compré una biografía de María Casares. La única que tenían. La encontré por casualidad entre un montón de libros de saldo que se vendían a ocho euros. Había sido publicada en 1953, en una colección de título muy atractivo: *Masques et visages*. Su autora era otra mujer, la señora Dussane, que había sido profesora de la Casares. En cuanto llegué al hotel me puse a leerla, pero pronto me di cuenta de que no había entre sus páginas nada personal, nada que tuviera que ver con la intimidad de María Casares. Debía seguir buscando. Me bailaba por la cabeza que ella había escrito su autobiografía. Incluso me sonaba haber visto alguna referencia en los periódicos cuando María Casares estrenó, durante la transición, *El adefesio* de Rafael Alberti. Me dormí ya de madrugada con dos ideas fijas en la cabeza, dos deberes que tenía que dejar terminados al día siguiente: buscar el libro y ponerme en contacto con la agencia de transportes.

En un FNAC se comprometieron a conseguirme *Résidente Privilégiée* en cuarenta y ocho horas, después de comprobar que, por suerte, no había sido descatalogado de los fondos de Fayard, pese a los más de veinte años transcurridos desde su publicación. En la agencia de transportes una muchacha amabilísima, procedente de algún país del Este, probablemente de Rumanía, se brindó a consultar los archivos. A partir de 1960 habían empezado a llevar una memoria de las actividades internacionales. En consecuencia, no era imposible que el nombre del destinatario y el sitio adonde tenían que trasladar las mercancías permanecieran anotados en algún lugar. Además no era necesario que volviera a pasar —la agencia quedaba lejos de mi hotel, a más de tres cuartos de hora de taxi—, podía llamar dentro de dos días, el plazo que necesitaba para buscar el archivo.

Aquella misma mañana, justo después de salir de la oficina del transportista, fui al Hospital de la Cruz Roja. Me recibieron con reticencia. Esperé en un pasillo, junto a la puerta de un minúsculo despacho, donde parecía que no hubiera nadie, a que un hombrecillo insignificante, jibarizado —lo único tangible de su cara eran sus gafas—, me atendiera. Pero en vez de preguntarme cuál era el motivo de mi visita, me advirtió, mirando el impreso que me habían obligado a llenar en la recepción y en el que aparecía el nombre de Madeleine Lamartin, que si lo que pretendía era reclamar en contra de la señorita Lamartin, debía dirigirme al Ministerio de Sanidad. Le dije que estaba equivocado, que yo no tenía ninguna intención de reclamar. Al contrario, quería ver a la señorita Lamartin para agradecerle las atenciones que había tenido con un familiar mío, desgraciadamente ya desaparecido. Entonces el insignificante señor pareció diluirse detrás de sus gafas y soltó una excusa que sin embargo tenía el aire de una acusación:

—Usted perdone, pero como hoy en día todo el mundo reclama, incluso con efectos retroactivos, he considerado que usted no tenía por qué ser diferente. No veo razón para que tuviera que opinar lo contrario —añadió tratando de remachar su punto de vista, mientras se levantaba e iba hacia un mueble de oficina antiguo y desvencijado que estaba en la pared de enfrente, justo detrás de mi silla. Del cajón emergió, como si fuera un submarino, un grueso archivador—. Aquí está el expediente de Mademoiselle Lamartin. En 1995 abandonó el hospital, al llegarle la edad de la jubilación. La Dirección le ofreció una cena y una placa en la que se hacía constar su extraordinaria calidad humana. Mire: ahí lo tiene. Puede leerlo.

En efecto, la señorita Madeleine Lamartin había sido objeto de un «cálido homenaje» por sus años de trabajo en el Hospital de la Cruz Roja, desde 1960 a 1995. Eso significaba que cuando la conocí, en 1957, sólo tenía veintisiete años, aunque a mí me pareciera matusalénica. En la carpeta del archivo que llevaba su nombre se guardaba también una copia del discurso que el gerente del hospital había pronunciado la noche del homenaje. Lo leí entre líneas pero no tan deprisa como para no enterarme de que los rasgos que más se destacaban de su carácter eran su encantadora amabilidad y la afabilidad de su trato. Si no fuera porque, en efecto, nombre y apellidos coincidían, hubiera pensado que se trataba de otra persona.

Otra persona me pareció, en efecto, la viejecita dulce, de cabellos blanquísimos, que me esperaba en la sala de visitas de una residencia de ancianos en las afueras de París y que me abrazó con afecto, recordando la pataleta descomunal de la noche en que mi madre se marchó al teatro. No fue necesario ningún preámbulo para hablar de Cecilia. Los saludos, el interés por su salud, el ofrecimiento del ramo de rosas que le llevaba fueron despachados en apenas unos segundos. Madeleine Lamartin, como si esperara el imaginario anzuelo de mis pesquisas, se lo tragó de manera directa. Incluso se adelantó a mis preguntas ofreciéndome de entrada una nueva información con la alusión a la obra de teatro.

—¿Sabe con quién fue? —le pregunté con la esperanza de que tal vez mi madre le hubiera comentado quién era la persona que la iba a buscar.

Pero Madeleine no tenía ni idea. Creía recordar que la señora —se refirió así a mi madre durante toda la conversación— le había comentado que le gustaba mucho el teatro y que solía ir con una amiga a quien le regalaban entradas porque algún familiar era actor o director. Pero con excepción de eso la enfermera no sabía demasiado de su vida, ni si se relacionaba con gente importante o no. En cuanto a María Casares, nunca le había oído hablar de ella. Ni siquiera tenía idea de si se conocían, pero estaba segura de que no había ido de visita a casa, como afirmaba Pauline, porque ella la hubiera reconocido. La Casares era famosísima entonces. Su fotografía aparecía en los periódicos con mucha frecuencia. Recordaba, eso sí, los visitantes más asiduos, un grupo de exiliados, viejos amigos del abuelo que desfilaban por el piso de la Sarrete una vez por semana, cuando el señor Balaguer todavía podía recibirles. Según la enfermera, mataban la tarde hurgando en el pasado, haciendo examen de conciencia ajena, discutiendo, entre ataques de tos y sorbos de café, sobre los muchos errores de la República y las causas que habían conducido al infausto levantamiento del 18 de julio, primero, y después, a la derrota.

—Algunos de los más optimistas creían que pronto cambiarían las cosas, por eso esperaban con impaciencia que llegara tu madre con noticias frescas de España. Por eso y porque ella les ayudaba económicamente. Muchos pasaban necesidad, hambre incluso, estoy segura. Bastaba ver la fruición con que mojaban los bollos en el café con leche que yo misma les ofrecía de merienda. Cuando tu abuelo se puso peor el médico desaconsejó la tertulia. Las peleas en que solían acabar, hasta la próxima semana que volvían aparentemente reconciliados, no eran convenientes para su salud. Le angustiaban demasiado. Entonces dejaron de visitarle. Sólo uno, Vergés, siguió viniendo. Hacía años, el señor Balaguer le había defendido en un juicio y aunque la ideología política les enfrentara, Vergés era ácrata y pertenecía al movimiento libertario, según pregonaba, sentía por tu abuelo agradecimiento y afecto, y como para él los sentimientos estaban por encima de las ideas, se presentaba cada semana. A menudo ni se veían. Se interesaba por su salud, merendaba y se marchaba un poco más reconciliado con la vida gracias al calorcillo y las calorías. Siempre me preguntaba por tu madre y se llevaba una gran alegría cuando le anunciaba su llegada. Tal vez porque le daba vergüenza que me diera cuenta de su situación miserabilísima me aseguraba que él servía de enlace con los maquis, que el dinero que venía de España a través de la señora era para la causa... Pero exceptuando a Vergés...

La enfermera parece hacer un esfuerzo para recordar y se calla un instante. Me sonríe y enseguida continúa:

—Durante una época, en cuanto tu madre llegaba, se presentaba el señor Mitterrand... Sí, claro que sí, él era otro de los asiduos. ¡Qué tonta...! Lo había olvidado. Pero Mitterrand no tenía nada que ver con los exiliados. Era, luego lo supe, pariente lejano del ex presidente, o eso dijeron. Y tal para cual. Mitterrand era anticuario. A mí no me gustaban nada sus modales exquisitos. Me parecía un tipo fatuo, arrogante, poco de fiar, quizá por lo ceremonioso, con su *mademoiselle* por aquí, *mademoiselle* por allá... No quieras saber el besamanos que le hacía a tu pobre madre, que le tenía que aguantar. Me parece que regentaba una tienda en la Rive Gauche. Antiques Mitterrand, creo que se llamaba. Alguna vez envió a un mozo para transportar alguna pieza desde casa de tu abuelo hasta allá. Yo creo que llevaba negocios con tu padre porque era tu madre la encargada de traer en sus maletas los objetos que él vendía a sus clientes. Pero la relación no duró mucho tiempo. Dos o tres años a lo sumo. Un día la señora me dijo que ya no volvería más, que era un sinvergüenza. Yo ya lo sabía porque les había oído discutir. Tu madre, que nunca levantaba la voz, aquel día, un 17 de marzo de 1954 o quizá de 1955, le gritó. Te preguntarás por qué sé la fecha, pues porque era mi cumpleaños... Con una gran firmeza le amenazó con denunciarle porque le había estado estafando. El precio acordado por un grabado de Goya no era el que él estaba dispuesto a pagarle, pretextando que no lo había podido colocar por ninguna otra cantidad. Él, entonces, olvidando sus formas ceremoniosas, su aparente buena educación, levantó la voz a la señora y le dijo que si le denunciaba le saldría el tiro por la culata. No sólo podría demostrar que había sacado las piezas de modo ilegal, de contrabando, especificó, sino que además le había intentado engañar endosándole falsificaciones. De manera que el muy canalla acusaba a la señora de lo que hacía él. La señora no le aguantó más. Lo echó sin miramientos e hizo muy bien.

Pero con excepción del incidente con el anticuario la enfermera no recordaba nada relevante. Mi madre le hacía pocas confidencias durante sus visitas. Era más explícita por carta que de viva voz. Cuando le escribía para darle instrucciones solía intercalar noticias familiares.

—Casi siempre me hablaba de ti. Te adoraba...

La afirmación me sorprendió. Posiblemente se dio cuenta, porque añadió de inmediato:

—Lo que no entiendo, lo que me parece incomprensible es que una mujer joven, guapa, con una niña preciosa hiciera lo que hizo...

No continuó. Dejó de mirarme, volvió los ojos hacia la ventana por donde asomaba una hiedra y luego se fijó en sus manos, que tenía juntas sobre la falda. Comprendí que de repente acababa de establecer una similitud definitiva entre las ramas de la enredadera y las abultadas venas de sus manos sarmentosas, porque movió la cabeza con un gesto desolado y en voz muy baja, casi imperceptible, exclamó: «¡Dios mío!». Sin embargo, rápidamente recuperó el hilo de la conversación y añadió con una sonrisa triste, mirándome de nuevo:

—Lo siento, nunca entendí las razones de su suicidio.

No sé si Madeleine era consciente de mi sorpresa ni si la referencia a que mi madre se había suicidado se le escapó sin querer o fue premeditada. A pesar de que las cartas me demostraban que yo no sabía nada de la vida de mi madre, en ningún momento, ni antes ni después de leerlas, se me había pasado por la cabeza, ni tampoco nadie, ni mi padre ni mi abuela ni mi tía, me había hablado de ello. Por eso le repliqué:

—¿Está usted segura? Siempre me habían dicho que mi madre murió a consecuencia de un accidente, atropellada por un camioneta...

—Tal vez he sido indiscreta. Lo siento. Tal vez hubiera sido mejor que no lo supieras..., pero como has venido a hablar de tu madre. ¿Tu padre nunca te lo dijo?

Nunca mi padre se refirió a otra cosa que no fuera un accidente: mamá había cruzado la calle sin darse cuenta de que a gran velocidad se acercaba una camioneta o quizá pensó que le daba tiempo. Y es probable que hubiera sido así si no se le hubiera roto un tacón del zapato —los usaba siempre altos— que le hizo perder el equilibrio y caerse. El conductor no tuvo tiempo de frenar y se le vino encima... Me acuerdo muy bien del día en que mi padre me dio esos detalles, cuatro años después del accidente, cuando yo acababa de cumplir trece. Fue en la misma conversación en que me confió que quería volver a casarse y que Alicia, su secretaria, se convertiría dentro de pocos meses en su mujer, aunque nunca, me aseguró, podría olvidar a mi madre, de la que, no obstante, apenas había vuelto a hablarme. Mi padre —quizá de una manera más estricta debería referirme a él sólo como el marido de Cecilia— me había llevado aquella noche por primera vez a cenar fuera, los dos solos. Estábamos en El Patio, un restaurante ya desaparecido de la plaza Gomila de Palma que tenía fama de ser el mejor de la isla. He releído en mi diario de aquella época unas páginas en las que cuento lo mucho que me gustó que el maître me diera una carta sin precios, como entonces se hacía con las señoras en los restaurantes de lujo, y me tratara de usted, en tercera persona, no como a una niña sino como a una señorita con quien aquel señor tan elegante, mi padre había aprendido a serlo, que siempre dejaba espléndidas propinas, tal vez no tuviera ninguna relación familiar. Pero aquella noche que comenzaba con tan buen pie —por primera vez constataba que en vez de trece años podía parecer de dieciocho— acabaría mal: la noticia de la boda de mi padre me afectó mucho. Mucho más que los detalles del accidente de mi madre que hasta entonces no me había dado porque esperaba a que me hiciera mayor, y aquella noche consideró que el momento había llegado. Estábamos a comienzos de julio. El curso escolar se había acabado apenas una semana antes y mi padre había ido a Mallorca para pasar unos días conmigo y con la abuela, con quien yo me había quedado después de la muerte de mi madre, hasta que pasé al internado del Colegio del Sagrado Corazón de Palma para estudiar el bachillerato. Tanto ella como mi tía, la única hermana de mi padre, le suplicaron que me dejara con ellas por algún tiempo, alegando que sus muchas ocupaciones le impedirían dedicarme el cuidado que yo, huérfana de madre, necesitaba, como también él me recordó aquel día, acaso para justificarse.

Ahora, a la luz de las palabras de Madeleine, ciertas afirmaciones de la abuela, diversas alusiones de mi tía y hasta algunos aspectos del comportamiento de mi padre me parecen más fáciles de entender, encajan mejor en el rompecabezas incompleto de mi infancia. El hecho de que cada noche mi abuela me hiciera rezar por mi madre no tenía nada de particular, pero sí, quizá, la insistencia en que se necesitaban muchas oraciones para que Dios le otorgara el perdón de sus pecados, o las veladas, y a veces no tan veladas, alusiones de mi tía a las rarezas y excentricidades de su cuñada, de la que en algún momento insinuó que tenía problemas mentales, podían justificarse mejor. Si, en efecto, se había ido de este mundo por propia voluntad debía de ser cierto lo que yo siempre había sospechado: que no me quería, que yo no le importaba en absoluto, ni tampoco mi padre, que tan enamorado estaba de ella. Mi psiquiatra, de la que todavía no le he hablado pero que tiene mucho que ver con la decisión de pedirle ayuda, me aseguró que existen ciertos estados depresivos en los que el pozo es tan profundo, la oscuridad tan espesa, que sólo la muerte puede representar una liberación y eso es posiblemente lo que sucedió con mi madre. Pero ¿de dónde procedían las aguas de su pozo? ¿Por qué lo había hecho? ¿Por qué?

Pedí a la enfermera que me contara cuanto supiera. Era consciente de que todos, desde mi padre a mi abuela, me habían ocultado muchas cosas. Ella no se hizo de rogar.

—Llamé a la señora antes de Navidad para que viniera en cuanto pudiera. El médico me había dicho que probablemente el señor Balaguer no saldría de la neumonía que había contraído a mediados de diciembre. Un diciembre helado, de una inclemencia terrorífica. Me acuerdo muy bien. La calefacción funcionaba día y noche y sin embargo no conseguía que el piso, quizá porque las ventanas no cerraban bien, se mantuviera caliente. Pero eso ahora no importa. Nevaba de una manera triste y elegante, muy parisina, con copos pequeños, llenos de coquetería... Pero eso todavía importa menos. Tu madre me dijo que vendría después de Navidad, pero que le avisara si el señor empeoraba, cosa que no sucedió. Al contrario, parecía remontar poco a poco. Quedamos en que ella saldría el 30 de Barcelona hacia Portbou, donde tomaría el tren para París. No siempre se podía enlazar directamente y más en época de fiestas. Pero a pesar de todos los inconvenientes con que pudiera encontrarse pensaba estar allí el 31 para relevarme. De esa manera no sería necesario buscar a nadie para que me sustituyera durante el fin de año, una fiesta que yo siempre pasaba con mi madre y mis hermanos. Pero el mismo 31, cuando creía que estaba a punto de llegar, me llamó por teléfono. Me dijo que no se encontraba bien y que no tenía más remedio que aplazar el viaje. Vendría en cuanto mejorase, dentro de dos o tres días...

—¿Desde dónde llamaba? ¿Le dijo dónde estaba? —le pregunté con una curiosidad que se me salía por los ojos.

—Si no fuera porque la operadora me anunció que la conferencia era de Portbou, hubiera creído que llamaba desde Barcelona, que aún no había cogido el tren. También ella me dijo que estaba en Portbou tratando de conseguir un billete para volver a casa. No quería llegar a París y tener que meterse en la cama. Me pidió que le buscara una sustituta de confianza para aquellos días, costase lo que costase. No quería incumplir su promesa de relevarme. Insistió para que llamara al Servicio Verde, una agencia sanitaria que procuraba personal eficaz a precios astronómicos. Pasé un día y medio fuera, el 31 y el 1 por la mañana. Por la tarde ya estaba otra vez de vuelta. El día 3 fui yo quien la llamó a Barcelona, pero la señora no estaba. No había regresado. Tu padre, el pobre, se quedó helado. Creía que tu madre estaba en París. Si no tenía noticias era porque acababa de llegar de Fornalutx, donde no había teléfono. Entonces, desesperado, llamó uno por uno a todos los hoteles de Portbou preguntando por su mujer. En uno, no recuerdo su nombre, le dijeron que la señora había estado allí pero que el primero de enero había dejado la habitación. Según constaba en la ficha, se dirigía a París. Además, el recepcionista recordaba haberle pedido un taxi para que la llevara a la estación. Tu padre me suplicó que la buscase en los hospitales, que mirase entre la lista de defunciones, que denunciara su desaparición a la policía. Él llegaría en el primer avión en que pudiera encontrar plaza. Hice lo que me pidió. Comprobé que no había sido ingresada en ningún hospital. En el depósito, adonde llamé con un nudo en la garganta, no había ningún cadáver por identificar. Después fui personalmente a la gendarmería. Para hacer la denuncia me tomaron hasta las huellas dactilares y me interrogaron como si fuera yo la culpable o, por lo menos, la principal sospechosa. No pude contestar a la mayoría de preguntas sobre la vida íntima de tu madre, cuyo nombre constaba en sus archivos como refugiada política, entre los años 1939 y 1946, porque la ignoraba, y me limité a llevarles una fotografía y a describir su presunta vestimenta en el momento de la desaparición: el abrigo azul, un sombrero del mismo color, las maletas de cuero con sus iniciales... Desde entonces, ¡Dios mío!, ha pasado un siglo, pero me acuerdo aún de que el gendarme llevaba bigote, un bigote como un cepillo de esos que se usaban para limpiar las juntas de las baldosas, grueso y basto, de potentes cerdas, y tenía unas orejas gachas de perdiguero. De repente dejó de teclear en la máquina de escribir para soltar con gran solemnidad una serie de barbaridades: «Puede que estemos ante un crimen pasional. ¿No dice usted que era tan guapa? Pero como no hay cadáver a la vista, de momento es pura suposición, pura hipótesis..., una hipótesis común y corriente... Hábleme de su marido. ¿Le quería? ¿Se llevaban bien? ¿Cree usted que la señora ha podido desaparecer por propia iniciativa? ¿No será que tiene un amante y que se ha ido de vacaciones con él? Año nuevo, vida nueva. No es necesario buscar otras razones. Si no vuelve dentro de unos días, arrepentida, tal vez escriba una carta y asunto resuelto».

La enfermera me miró esperando que dijera algo. Le sonreí. Me sentía demasiado perpleja para hacer ningún comentario y, además, no quería interrumpirla. Necesitaba a toda costa que siguiera, me parecía que estaba a punto de saber la verdad.

—Me acuerdo de todos los detalles —prosiguió—. Las paredes del despacho recién pintadas, con un calendario enorme de 1960 por todo adorno. Ni siquiera el retrato del presidente de la República había sido colgado todavía. La ventana baja que daba a la calle Rémy-Dumoncel, mi vestido oscuro, de acuerdo con la ocasión luctuosa... Lo siento. Siento tener que aludir a todo esto. Me preguntarás por qué consentí las impertinencias del comisario... No lo hice. Le interrumpí, le pedí que se limitara a continuar con el informe, que dejara sus elucubraciones. Yo tenía a la señora por una persona íntegra, intachable...

Ahora sí aproveché la pausa de Madeleine para decirle que quizá el entrometido policía estaba, en parte, en lo cierto. Que yo también creía que mi madre tenía un amante y que no por ello dejaba de ser una persona... Me cortó sin permitir que terminara, como si le pareciera un atrevimiento inconcebible admitir siquiera esa posibilidad. Tal vez su educación católica se lo impedía.

—¿Un amante? En absoluto, yo no lo creo. Tampoco lo creía la señorita Dora, su mejor amiga. No sé si la conociste. ¿No...? Murió unos meses después que la señora. ¡Pobrecilla...! Aquellos días la vi a menudo, aunque no vivía en París sino en Lille. Vino en cuanto tu padre me pidió que la avisara. A ella sí le conté todo lo que me había ocurrido en la gendarmería. A tu padre no, naturalmente. Dora estaba desolada, como yo, como todos en casa. Menos mal que tu pobre abuelo no se enteró, aunque tampoco estoy segura. Yo creo que a ratos, en algunos momentos de lucidez, sabía que algo terrible había pasado. La verdad es que apenas aguantó cuatro meses más. Murió en abril. ¿Qué pudo ocurrirle a tu madre? No lo sé. Dora, que había padecido el exilio, como ella, decía que seguramente se habría trastornado. Quizá de repente, en Portbou, había olvidado quién era, hacia dónde iba. O quizá se equivocó de tren, se confundió. Recuerda que había sufrido dos guerras, que perdió a su madre, que su pobre hermana murió en la cámara de gas... Todo eso tan espantoso marca para siempre...

No sé si la alusión al trastorno de mi madre era una mentira piadosa con la que trataba de dulcificar la situación o si de verdad lo pensaba, aunque no lo creo, porque eso contradecía sus palabras anteriores cuando aseguraba que no entendía las razones de su suicidio. Un trastorno depresivo lo explicaba mejor que cualquier otra causa, como enfermera debía de saberlo. También podía justificarlo un desengaño sentimental pero eso, según Madeleine, había que descartarlo. Para mí, sin embargo, por el momento, era la hipótesis más válida. Las cartas constituían la prueba principal. Se las enseñé. Le pedí que reconociera la letra. Me dijo que su vista era mala, que leía con dificultad. Se levantó para buscar las gafas y una lupa. Volvió a sentarse con parsimonia y antes de abrir la carpeta me preguntó de dónde las había sacado. Le conté cómo habían llegado a mis manos.

—¡Qué absurdo, después de tanto tiempo! ¿Qué sentido puede tener? —se preguntaba, más que me preguntaba, y tras echar una ojeada a los diversos pliegos aseguró:

—Sí, no hay duda. Es su letra.

—Quizá no soy hija de mi padre...

—¡Qué tontería! Todo el mundo es hijo de su padre —apuntó, sonriendo, para rebajar la tensión—. Comprendo que eso te angustie y te preocupe. Me hago cargo. En mi opinión te pareces mucho al marido de tu madre, una persona encantadora. Tuve ocasión de tratarle cuando vino a París mientras esperábamos noticias de ella. Pasaron tres días hasta que la policía llamó para notificar que en Avignon habían atropellado a una mujer que por la descripción podía ser la señora...

Nadie me dijo nunca que mi madre había muerto en Avignon. Siempre creí que había fallecido en París mientras visitaba al abuelo. ¿Qué motivo pudo llevarle a mi padre a ocultármelo cuando me contó que la había atropellado una camioneta? ¿Por qué no me lo dijo? ¿Fue por no tener que justificar la presencia de Cecilia Balaguer en Avignon con una mentira? Debía de ser muy duro desconocer el motivo que la condujo allí. O tal vez lo sabía y no quería compartirlo con nadie. Ni siquiera conmigo. La enfermera me dijo que no dejaba de llorar, que estaba desesperado.

—Dora se ofreció a acompañarle a Avignon pero él quiso ir solo a reconocer el cadáver. Al parecer había habido una confusión en la identificación de la persona atropellada. Le dijeron que se trataba de Celia Ballester y no de Cecilia Balaguer y nos aferramos a esa esperanza, aunque las características coincidían con las de la señora. Si estuviéramos en casa podría enseñarte unos recortes. Aún los guardo, si no los han tirado a la basura mis sobrinos con todas mis cosas... Les he prestado la casa por una temporada, sólo por una temporada por si me canso de estar aquí. Son recortes de un periódico local. Allí aparece el testimonio de unos transeúntes que vieron cómo una mujer se precipitaba bajo las ruedas de una camioneta... Además, en el bolsillo de su abrigo encontraron una nota que se refería al suicidio. Los recortes me los mandó una prima mía que vivía en Avignon.

Dos mañanas en la hemeroteca de París fueron suficientes para dar con los diarios regionales que entonces se distribuían en Avignon: *Le Provençal, Le Méridional* y *Le Dauphiné Libéré*. Repasé uno por uno todos los números de los primeros días del mes de enero de 1960 buscando la noticia de un accidente mortal ocurrido en la ciudad. El día 5, en las páginas interiores de *Le Provençal* —la portada y las primeras páginas las ocupan la crónica de un asesinato macabro y la información del entierro de Fausto Coppi y de la muerte de Albert Camus, ocurrida el día 4— encontré un suelto sobre el atropello de una mujer por una camioneta cuyo chófer, al parecer, se dio a la fuga. Desgraciadamente la mujer falleció pocas horas después de ser trasladada al hospital. La noticia, aún más breve, aparece también en los otros dos periódicos. En *Le Provençal* del día siguiente, en la misma página en que se informa muy brevemente de la muerte del maquis Quico Sabater, que asaltó el tren de Portbou para trasladarse a Barcelona, se amplía la noticia del atropello. Bajo el título de *Crónica de sucesos,* un redactor que no firma aporta nuevos datos, pero incurre en un error: confunde el nombre de mi madre. No se refiere a Cecilia Balaguer sino a Celia Ballester, según me había anticipado la enfermera. Traduzco literalmente:

Tal como informamos ayer a nuestros lectores, la mujer que fue atropellada sobre las nueve de la noche del día 4 en la calle de la République, esquina con Joseph Vernet, por una camioneta cuyo chófer se dio a la fuga, resultó ser Celia Ballester, de nacionalidad española. Da la casualidad de que el conductor de la camioneta, Juan Pérez, detenido poco después, es también español y trabaja en una empresa de transportes. A pesar de que testigos presenciales aseguran que fue ella la que se precipitó en medio de la calle, el hecho de no detenerse para auxiliar a la víctima es considerado por nuestro código de circulación un delito, de manera que Juan Pérez fue puesto a disposición judicial. Según hemos podido saber, Pérez aseguró ante el juez que si se dio a la fuga fue por temor a ser deportado a España, donde tiene causas pendientes por haber combatido con los maquis.

En el periódico del día 7 no hay ninguna noticia relacionada con el atropello, pero sí en el del día 8. De nuevo en la Sección de Sucesos un suelto da cuenta del error en el nombre. «Se trata de Cecilia Balaguer y no de Celia Ballester, cuyo cadáver será repatriado en breve a España.» Y añade que en el bolsillo de su abrigo se encontró una nota que hacía referencia al suicidio.

Hasta mediados de enero no supe que mi madre había muerto. Estaba en Mallorca, adonde había ido a ver a la abuela, después de Navidad, la última Navidad que celebramos juntos. Mi madre, en efecto, tuvo que marcharse a París ya que el abuelo parecía encontrarse peor, y quizá porque no iba estar el día de Reyes —en los que yo había dejado de creer al cumplir los ocho años, en aquella época los niños éramos así de inocentes— me dio parte de los regalos en Nochebuena. Siempre eran espléndidos pero aquel año lo fueron más si cabe. A cuanto había pedido en la carta, añadió un reloj de oro, de una marca carísima, que yo solía contemplar extasiada al pasar por delante del escaparate de casa Bagués, lujoso en exceso para que lo llevara una niña. Nunca hasta ahora se me había ocurrido pensar que, probablemente, con aquel regalo, que aún conservo en mi muñeca, que nunca me he quitado, se despedía de mí, dejando a la vez sobre mi pulso, en cada latido, la marca de su presencia.

También yo acompañé a mi madre a la estación. Recuerdo que su maleta pesaba mucho. Después, al saber que a veces entre su ropa trajinaba objetos para vender, he deducido que quizá se debiera a eso. Por más que he tratado de evocar una y otra vez nuestra despedida no encuentro nada especial, nada que me permita intuir que ella sí sabía que era definitiva. Mi madre me dio un único beso, en la frente, como hacía siempre, y luego besó a su marido en la mejilla, también como siempre. Mi padre y yo nos íbamos aquella misma noche a Mallorca, por eso no nos podría telefonear cuando llegara a Portbou. En Fornalutx no había teléfono. Esperaría el regreso de mi padre a Barcelona para poner una conferencia desde París el día 3. Pero ahora sé por la enfermera que no llamó. Puede que, en efecto, sufriera un trastorno, o quién sabe si la obsesión por reunirse con su amante hizo que se olvidara de cuanto no fuera esa cita. Mi padre pasó sólo dos días en Fornalutx. Se marchó antes de lo previsto, pretextando un ineludible asunto de negocios, y quedamos en que volvería a recogerme el día de Reyes para que no perdiera las clases, que empezaban el 8. Una gripe impidió que me levantara de la cama y por eso no me extrañó que no viniera a buscarme. Él debía de estar en Avignon para hacerse cargo del cadáver de su mujer y poder trasladarlo a Montjuïc, donde fue enterrada el 12 de enero. En Avignon debieron de entregarle la nota en la que presuntamente mi madre se refería al suicidio, junto con las otras pertenencias, su ropa, el abrigo azul, las joyas que llevaba puestas, el pasaporte. ¿Adónde había ido a parar todo eso? Quizá estaba en Fornalutx, adonde se enviaron dos camiones de mudanzas cuando, a petición de su segunda mujer, mi padre accedió a desmontar el piso de Vía Layetana para pasar al de Vía Augusta.

¿Qué hacía mi madre en Avignon? ¿Con quién iba a encontrarse? ¿Qué iba a buscar? La última carta se refiere a Portbou. ¿Fue a París entre el 1 y el 3 aunque ni siquiera pasara por casa del abuelo o viajó por el sur sola o en compañía de su amante? ¿Pudo encontrarse con usted? ¿Pudo usted verla con su abrigo azul y su sombrero escaso? ¿Tiene usted alguna noticia de Cecilia Balaguer? ¿De Celia Ballester, con quien la confundieron?

Salí de la hemeroteca con las fotocopias de las noticias del periódico de Avignon, decidida a volver a Barcelona. No me encontraba con fuerzas para ir hasta la Provenza y tratar de buscar allí nuevas referencias sobre mi madre, a través de la policía o del anónimo redactor encargado de la página de sucesos. En París sólo me quedaban dos cosas pendientes: telefonear a la agencia de transportes —lo había hecho en varias ocasiones pero la amable señorita rumana no estaba— y recoger la biografía de María Casares, que presentía no me serviría de gran cosa. Deseaba más que nada volver a casa, recuperar mi espacio cotidiano, sentarme tranquilamente en la butaca de mi estudio, escuchar música, cerrar los ojos y no pensar. Sobre todo no pensar. Al día siguiente dejaba el hotel. El taxi que me llevaba a Orly, finalmente renuncié al tren, paró en el FNAC, donde recogí el libro de la Casares, y desde el aeropuerto hablé con la señorita Jana: la mudanza del piso del abuelo había ido a parar a Fornalutx.

Tal y como había decidido al dejar París, me encerré en casa con la intención de descansar algunas semanas antes de ir a Mallorca. Estaba exhausta y, además, necesitaba serenarme, dejar de dar vueltas a la obsesión de saber por qué se había suicidado mi madre y, sobre todo, a la obsesión de saber quién era yo, o mejor, quién había creído ser hasta entonces. Pero mis propósitos fueron vanos. Me pasaba las horas inmersa en esas cavilaciones, sin salir ni ver a nadie, comiendo de manera desordenada productos precocinados, a menudo con la fecha de caducidad sobrepasada, y bebiendo más de lo que era prudente. Incapaz de concentrarme dejé de escribir mi columna en el periódico en el que trabajaba, con la excusa de que no me encontraba bien. Era cierto. No me sentía con ánimo de hacer nada. Dormía gracias a los somníferos y por la mañana me costaba levantarme. Cuando por fin lo lograba, casi siempre después del mediodía, no abría las persianas. Estaba tan enferma que la luz me resultaba una tortura. Me levantaba sonámbula, me tumbaba en camisón en el sofá y ponía música. La oía pero no la escuchaba. No podía concentrarme. Padecía verdaderos ataques de migraña y sólo la oscuridad total los mitigaba un poco. Por eso me pasaba las horas con los ojos cerrados o con la luz apagada. Ni siquiera fui capaz de leer entero el libro de María Casares. Después de comprobar que no tenía índice, lo había abierto al azar diversas veces prestando más atención a las fotografías de la diva que allí se incluían que a la letra impresa. Sin embargo, lo llevaba conmigo a todas partes, de la habitación al salón, al baño, a la cocina, por si de pronto consideraba que el momento propicio para leerlo había llegado. Supongo que el hecho de posponer la lectura tenía que ver con la intuición de que no había de encontrar en él ninguna referencia a mi madre, ningún dato que me permitiera seguir una pista fiable. El libro de María Casares era una de las últimas bengalas que me quedaban y el naufragio parecía inminente. Supongo que por esta razón inconscientemente trataba de no gastarla. Las otras dos consistían en ir a Mallorca, primero, y luego a Avignon y me sentía sin fuerzas para viajar.

Recuerdo aquellos días del regreso como unos de los peores de mi vida, amargos, llenos de hiel. Poblados de fantasmas que danzaban a mi alrededor, especialmente en sueños. Allí, en aquella zona del subconsciente, tal vez estimulada por la química de las pastillas, comparecían fragmentos inconexos de mi infancia que las obsesiones actuales por mis orígenes revestían con un significado diferente. Algunos me parecieron premonitorios del pasado. Veía a un hombre abatido a tiros, ensangrentado, con los ojos abiertos, junto a él una pistola. Era bastante temprano, Rocío me acompañaba al colegio cuando nos tropezamos con él, enfrente de la sucursal del Banco Hispano de la calle Diputación. La policía aún no había tenido tiempo de acordonar la zona. En su rostro se superponía otro, yo habría dicho que era el mismo...

—No se lo cuentes a nadie —oía de nuevo la voz de mi madre—, no se lo digas a papá, ni a las madres, ni a las muchachas, a nadie. Es nuestro secreto...

El hombre nos había seguido lo que dura un atardecer de invierno, no mucho, en efecto. Pero a mí me pareció un siglo. No era la primera vez que le había visto, delante de la portería del Colegio del Sagrado Corazón, como si esperara a alguien. Me había fijado en él porque por sus ojos se paseaban lobos, igual que si acabara de regresar de los remotos bosques de otro mundo. Rocío y yo habíamos pasado junto a él por lo menos cuatro veces sin que se moviera, sin que nos mirara siquiera. Sólo el viernes, cuando mi madre fue a buscarme, noté de pronto sus ojos clavados en nuestros cogotes. Caminaba detrás de nosotras; aunque cojeaba y parecía muy cansado, aceleraba cuando nosotras acelerábamos y se paraba cuando lo hacíamos nosotras, esperando para cruzar la calle o mirando escaparates. No sé si mi madre se había dado cuenta, pero yo no me atrevía a decirle nada ni a cogerme de su mano, como hacía con Rocío mientras corríamos para llegar a casa lo antes posible y no perdernos el serial. Me acercaba, eso sí, cuanto podía a su abrigo, de tacto esponjoso, mucho más suave que el mío, más bien áspero, de colegiala, sin atreverme a colgarme de su brazo, porque sabía que a ella no le gustaba. Me sentí a salvo cuando entramos en una tienda de tejidos del Paseo de Gracia para comprarle a la tía Anselma un corte para un vestido, de regalo por su cumpleaños. Él esperó fuera, en la puerta, mirando hacia dentro sin ningún disimulo. Luego, tal vez porque tardábamos en salir, sin perdernos de vista se puso a hacer cola en la parada del tranvía que quedaba justo al lado de la tienda, sin subirse a ninguno. Cuando nosotras salimos estaba aún allí, plantado bajo la luz tísica de una farola que acababan de encender, fumando un cigarrillo. Al doblar hacia la Gran Vía volvía a seguirnos y de nuevo nos esperó el tiempo que estuvimos en casa Ribes y Casals, donde, por fin, mi madre encontró el tipo de tela que buscaba. Continuó detrás de nosotras hacia la plaza de Urquinaona, mientras tratábamos de tomar un taxi. Como no pasaba ninguno y empezaba a llover mi madre decidió que nos metiéramos en el metro. Al bajar las escaleras le sacamos ventaja porque tenía dificultades para andar y renqueaba, tratando de apoyarse en la pared.

Sin embargo consiguió llegar antes de que pudiéramos entrar en algún vagón. Se abrió paso a empujones, se colocó junto a mi madre y en voz baja, sin mirarla, le dijo: «Vengo de parte de Ramón. Me ha dicho que le traiga la maleta». Pero mi madre hacía como si no le oyera. Entonces levantó un poco el tono y le preguntó:

«Usted es Celia, ¿verdad?» «Se equivoca», le contestó mi madre. «No sé de quién me habla.» Y cogiéndome, ahora sí, de la mano, corrimos escaleras arriba. En la calle pudimos parar un taxi. Allí, mientras nos conducía a casa de la tía Anselma, salvadas de aquel desconocido que nos había confundido, me dijo que no saliese nunca sola del colegio, que esperara siempre dentro de la portería a que Rocío me recogiera, aunque podía estar muy tranquila porque aquel hombre no volvería a molestarnos después de darse cuenta de que se había confundido... «¿Quién es?», le pregunté. «¿Qué quería?» «No lo sé —me contestó—, pero seguro que es un desgraciado que se dedica al estraperlo». «Usted es Celia, ¿verdad?» Celia, también en el periódico de Avignon llaman así a mi madre, por equivocación... «Es nuestro secreto.» Un secreto menor, sin importancia comparado con el secreto de su vida. ¿Quién era Ramón? ¿Y por qué insistía ella en que nadie tenía que saberlo? El tipo no volvió a aparecer, pero algunas noches me despertaba viendo su rostro ensangrentado y oía a mi alrededor los aullidos de los lobos y lloraba de miedo. Entonces aparecía mi padre y me consolaba, «¿qué tiene mi niña?», me decía y se quedaba junto a mí, cogiendo mi mano, acariciándome hasta que me volvía a dormir... Si hubiera desobedecido a mi madre, si le hubiera contado a mi padre lo que me sucedía, de dónde provenían mis terrores nocturnos, puede que ahora tuviera alguna información que me permitiera seguir un rumbo certero.

Durante aquellas semanas, encerrada en casa, me pasaba las horas hurgando en los recuerdos de mi infancia. Intentaba evocar cualquier detalle, aunque fuera mínimo, por si me podía ayudar a clarificar mi origen. A ratos trataba de persuadirme de que mi situación no era única. Si los chistes están llenos de cornudos y los folletines de bastardos, quiere decir que en la vida ambas cosas son corrientes. Por eso me esforzaba en convencerme de que lo que me sucedía no era tan raro, que había otras personas a las que les ocurría lo mismo. La diferencia consistía en que probablemente no lo sabían. O quizá lo sabían, como yo, pero no hablaban de ello. No compartían su secreto. Tampoco yo lo compartía; dejando aparte al hombre que me había traído la carpeta —quién sabe si era sólo un mensajero— o a quien me la había enviado, no conocía a nadie que lo supiese. Por el contrario, durante mi infancia, puede que los que aseguraban que yo no tenía ningún parecido con mi madre, que era exacta a mi padre, lo dijeran con ironía sarcástica, para disimular que opinaban todo lo contrario. Me sentí incapaz de contarle a nadie lo que me ocurría. Me parecía ridículo confiarme a alguna de mis amigas y tampoco me veía con ánimos de pedirle consejo a mi ex marido, que, a pesar de nuestra separación, seguía siendo la persona de quien me sentía más cerca y a quien mi familia no le era ajena. Él siempre había opinado que el motivo principal de nuestras desavenencias tenía que ver con mi padre. Yo nunca había superado la etapa edípica. O, mejor dicho, era un ejemplo perfecto del complejo de Electra. Eso hacía que en todos los hombres, y especialmente en él, buscase la imagen paterna, lo que impedía que me sintiera libre y no me dejaba ser feliz. Nunca lo acepté. Sus opiniones se me antojaban trampas freudianas, a pesar de que Guillem —que es psiquiatra y se dedica profesionalmente al psicoanálisis— aseguraba hablar con conocimiento de causa. Era cierto que yo sentía debilidad por mi padre, que, a pesar de volver a casarse y tener otro hijo de su segunda mujer, me demostró siempre un gran afecto y me benefició en el testamento por encima de sus otros herederos. Aunque su fortuna en el momento de su muerte había mermado mucho, yo vivo en gran parte de la renta de los inmuebles que me dejó, lo que me ha permitido algunas temporadas poder dedicarme por entero a escribir. Durante muchos años pensé que mi padre era el hombre con quien me hubiera gustado casarme. Me parecía que, a pesar de vivir separados, los hilos de nuestra complicidad nos mantenían unidos y que con nadie podría establecer una relación tan estrecha. Era cierto. De él no guardo sino buenos recuerdos. Incluso al dejar de ser rico, cuando los negocios comenzaban a irle mal y fracasaron las exportaciones en las que se había metido, creo que ahorraba para que el viaje que todos los años hacíamos él y yo solos fuera tan lujoso y gratificante como en los buenos tiempos. Él fue el responsable de que yo detestara alojarme en pensiones o en cámpings, como quería Guillem, abominase del turismo de mochila, al que tan aficionado era mi ex marido, y procurase evitar las excursiones de bocadillo y cantimplora. Con mi padre siempre iba a restaurantes buenos y a hoteles de categoría. Viajábamos en primera, en camarotes de lujo cuando hacíamos cruceros, en la época en la que los cruceros no se habían puesto aún de moda. Mi padre pedía dos camarotes comunicados, lo que nos permitía estar juntos más tiempo y, sin que nadie nos molestara, continuar hablando hasta el amanecer o escuchando en silencio el ruido del mar, que entraba por el ojo de buey. También yo prefería, como él, comer y cenar en la salita de la suite que hacerlo en el comedor con los demás pasajeros. Por orden de mi padre los camareros preparaban la mesa con flores y velas. Él me dejaba que me saltara el menú y escogiera los platos que más me gustaban. También me permitió, a partir del primer viaje, tomar café e incluso fumar algún cigarrillo mientras él paladeaba plácidamente su bourbon. Eran aquellos momentos de la sobremesa los escogidos para las confidencias. Yo solía pedirle que me hablara de los tiempos felices —así les llamábamos los dos— antes de que mi madre nos dejara, el tiempo de mi infancia de la que solía ofrecerme aspectos que yo desconocía, nimiedades de mis primeros años, de los que, por supuesto, yo no conservaba noción y que sólo su memoria podía transmitirme. Gracias a él supe que no vine al mundo en una clínica, ni siquiera en el piso de Vía Layetana, sino en un entresuelo de la calle Baños Nuevos, junto a su almacén de antigüedades, donde se habían instalado de recién casados. El día de mi nacimiento era lunes y llovía, una circunstancia que impidió que la comadrona llegara a tiempo. Acompañada del sereno, que había ido a buscarla a todo correr, al cruzar una calle resbaló y se rompió una pierna. Fue mi padre, ayudado por una criada jovencita que sostenía una luz de petromax, ya que la electricidad iba y venía a causa de las restricciones, quien cortó el cordón. Él quien me acunó en sus brazos por primera vez, ya que mi madre, agotada por el esfuerzo, durmió veinticuatro horas seguidas. Cuando despertó deliraba por la fiebre, a consecuencia de una infección que estuvo a punto de matarla. Se pasó dos meses en un sanatorio y no me conoció hasta que volvió a casa. Por eso no pudo criarme. Sobreviví a base de leche en polvo y pelargón. Mi padre conservó durante toda su vida en su cartera la receta del médico con las proporciones del biberón, junto a mi primer dibujo, fechado en 1954, y una fotografía en la que estoy en brazos de mi madre, una fotografía muy parecida a la que encontré en la carpeta azul. Las dos, estoy segura, proceden del mismo carrete y son del mismo día. Probablemente se trata de las primeras fotografías que me hicieron con mi madre. Ella me mira con un aire triste, de convaleciente, que, en parte, diluye la apatía de su cara y también la de su gesto, puesto que me observa como si me rechazara. Pero ahora que han pasado tantos años, al volver a contemplar las fotografías, pienso que quizá era la displicencia el principal rasgo no sólo de su carácter sino también la clave en la que se basaba su belleza de estatua. Una belleza de estatua que, tal vez por su afición al arte, mi padre acababa por ponderar siempre que le pedía que me hablara de ella.

Cuando, rumbo a Nueva York, me contó cómo se conocieron me dijo que fue la perfección de su cara —imagino que también de su cuerpo, pero eso era algo censurado entonces en una conversación entre padre e hija— lo que le mantuvo frente a ella embobado, al menos unos cuantos segundos, la primera vez que la vio, en compañía de su amiga Emilia, en medio de la Rambla de Canaletas de Barcelona, un domingo por la tarde del año 47, el segundo domingo del mes de febrero, a las cuatro en punto, para ser exactos. Fue la perfección de su cara lo que le impulsó a seguirla durante toda la tarde, parándose ante los lujosos escaparates del Paseo de Gracia, y después a esperar a que saliera del cine Coliseum, donde habían estrenado *Gilda*, porque no pudo conseguir una entrada para ver la película al mismo tiempo que ella. A pesar de que se le había acercado con educación preguntándole si le permitía que la acompañara, mi madre ni le miró. No le gustaban los uniformes, añadía mi padre para justificar su rechazo, los uniformes de ningún tipo. No es difícil imaginar que le debían de recordar los de los alemanes invasores de París, de los que sin duda hablaría con su marido, igual que del episodio de la detención del abuelo y de su hermana. Saber lo que le dijo me ayudaría ahora muchísimo a valorar con más exactitud la carta, a advertir si mi madre mentía o exageraba. Pero entonces, mientras mi padre me contaba cómo se habían conocido, a mí no se me ocurrió tirar de aquel hilo ni de ningún otro. Al contrario, procuraba no interrumpirle:

—Tuve que esperar a que acabara la sesión —me parece oír su voz, una voz efusiva y vigorosa a la vez, con marcado acento mallorquín, que nunca perdió y que quizá por ello resultaba más melódica— vagando por los alrededores para volver luego al cine dispuesto a seguirla como había hecho antes, pero esta vez hasta su casa. No tuve suerte, no la encontré. Había demasiada gente...

La perdió entre la multitud dominical y espesa, que tenía la costumbre de refugiarse en los cines, llenos a rebosar, al menos una vez por semana, no sólo para distraerse de las miserias de la posguerra sino porque así también, una vez por semana, el calor acumulado durante las tres horas que duraba la sesión continua —entonces echaban dos películas y el inevitable NODO— les permitía paliar el desconsuelo del frío. Durante muchos domingos el que sería marido de mi madre vagó por el Paseo de Gracia, mató el tiempo mirando escaparates que no le interesaban y escrutó entre las colas de gentes que esperaban para comprar entradas o para entrar en los cines. Pero todo fue en vano. De ella no sabía nada, excepto el nombre: Cecilia, porque había oído cómo la llamaba su amiga. Pero un nombre suelto, un nombre de pila —a pesar de que no fuera un nombre demasiado corriente en la Cataluña de entonces, en la que dominaban las Montserrats, las Nurias o las Mercedes— sin compañía del apellido de nada podía servirle en una ciudad tan grande como Barcelona, que, en aquella época, bordeaba el millón de habitantes. Además ¿qué podía hacerle pensar que vivía en la ciudad? Eran muchas las personas que los domingos bajaban de los pueblos cercanos en trenes abarrotados para ir al cine o simplemente a pasear. Si no vivía en la capital era todavía más improbable que volviera a verla. A pesar de que Cecilia, por su aspecto reservado, por el hecho de no dedicarle ni una mirada, desviando los ojos para no encontrarse con los de él, volviéndole incluso la espalda, no parecía que pudiera pertenecer al mundo del espectáculo —puesto que las actrices, acostumbradas a tratar con el público, eran mucho más desenvueltas—, su extraordinaria belleza hizo que lo sospechara. Por eso se dedicó a recorrer uno por uno todos los locales de Barcelona, que yo, entonces, no podía imaginar que fueran otros que teatros serios donde se representaban *El alcalde de Zalamea* de Calderón o *El divino impaciente* de Pemán como hacíamos nosotras en el colegio y ahora, claro, intuyo que mi padre debió de buscar a Cecilia entre las coristas de los espectáculos de varietés del Paralelo o quizá en las barras de ciertos bares, donde hermosas mujeres sonreían a los más indecentes de los vencedores...

No la había olvidado, pero la daba por perdida y había iniciado una relación, precisamente con una actriz, cuando de manera casual volvió a verla, un año después. No fue en la calle, ni en un paseo, ni en día de fiesta, sino un infausto lunes. Mi padre, que solía escoger las corbatas y los adjetivos con el mismo cuidado, los llamaba así, aunque aquél adquiriera de repente categoría de Sábado de Gloria. Fue en el taller de restauración donde ella estaba empleada. Él había ido a recoger un cuadro que tenía que entregar a un cliente. Otras muchas veces pasaba por allí pero nunca había entrado en el patio interior donde ella trabajaba. Aquel día mi padre no se había vestido de uniforme y mi madre no le reconoció. Él tampoco le dijo que se había pasado meses buscándola ni le demostró su emoción. Pero se juró a sí mismo que esta vez no la perdería. Volvió con frecuencia por allí con la excusa de nuevos encargos. Dos semanas después del día del reencuentro, llegó justo en el momento en que iban a cerrar y, como tenía coche, se ofreció para acompañarla a su casa. Ya había averiguado todo sobre su vida: que era pobre, que pertenecía al bando de los vencidos y que provenía del exilio. A esas bazas a su favor él podía oponer casi todo lo contrario: aún no era rico pero iba camino de serlo y había ganado la guerra. Ella aceptó su invitación aunque antes le preguntó que hacia dónde iba. Él no le contestó que a donde ella quisiera, hasta el fin del mundo si era preciso, como estaba mandado en una situación semejante, sino que tenía que peritar unas joyas en un piso de la plaza de España. Seguía el mismo camino que Cecilia puesto que ella vivía en la carretera de la Bordeta. En coche llegaría antes que haciendo incómodos trasbordos en tranvías atestados, ya que el taller donde trabajaba quedaba en el término de Horta, en la otra punta del barrio de Sants. Aquella tarde llevaba el mismo chaquetón beige que el día que la había visto por primera vez, una falda de ojo de perdiz, zapatos de tacón bastante usados y medias con algunos zurcidos. A mí me llamaba la atención que tanto tiempo después —me contaba todo eso el mes de agosto del año 1965, en medio del Atlántico— pudiera recordar los detalles con tanta precisión. Tal vez el hecho de haber sido anticuario influía, ya que en su trabajo la buena retentiva resultaba fundamental. Las piezas más valiosas lo eran en función de determinados rasgos que sólo los verdaderamente expertos sabían valorar.

Para reconocer la autenticidad de un cuadro, de un mueble o de un tapiz, para poderlo diferenciar de uno falso, es necesario tener en cuenta pormenores muy concretos en los que basar la categoría de la pieza. Ahora me pregunto, en realidad no he dejado de preguntármelo desde el 24 de septiembre de 2001, si alguna vez cuando me miraba dudaba de mi legitimidad, si sospechó alguna vez que yo no fuera hija suya.

Fue en el primero de aquellos viajes —que se repitieron dos veces más, a las islas griegas y a los fiordos noruegos—, rumbo a los Estados Unidos, y en que tantas confidencias me hizo, cuando tuve la certeza de que, no sólo mi padre era la persona más importante para mí, sino que además habría de serlo para siempre. Estaba segura de que por mucho que me enamorase, por mucho que el hombre de mi vida me pudiera corresponder, no lo haría con su generosidad ni yo tampoco sentiría por nadie el mismo afecto. Incluso mucho después, cuando nos distanciamos a causa de mi militancia política e influida por Guillem, a raíz del caso Matesa, destapado en agosto de 1969, tuve que aceptar no sin consternación y, en el fondo, sin acabar de creérmelo, que mi padre y sus socios pudieran tener que ver con exportaciones fraudulentas, según cierta prensa insinuaba, ni siquiera entonces, que apenas lo veía, dejé de quererle y de reconocer que a su lado era en el único lugar en que me sentía a la vez independiente y protegida. Por eso cuando le atacaban, aunque sólo tuviera argumentos sentimentales para defenderle ante mis compañeros del Partido, que, por otra parte, me aseguraban, benévolos, que uno no es responsable de los padres que le han tocado en suerte, no dejaba de proclamar su honradez.

A Guillem mi actitud le sacaba de quicio. Argumentaba que mi padre pertenecía a la clase más despreciable, la de los cochinos capitalistas sin escrúpulos. El hecho de que yo me negara a aceptarlo no probaba lo contrario. Además ¿no le había dicho siempre que yo no estaba al tanto de sus negocios? Era cierto. No podía estarlo porque desde la muerte de mi madre habíamos dejado de vivir juntos. Sólo convivíamos a temporadas, durante las vacaciones. Los primeros años, porque la abuela y la tía no permitieron que me separara de su lado. Después, cuando la abuela murió, porque me marché a un internado de Ginebra donde terminé el bachillerato. Al regresar a Barcelona, fui yo la que me negué a vivir con mi padre. No quería compartirlo con su mujer, ni con mi hermanastro, quince años menor que yo. Por eso le dije que prefería vivir en un piso con otras estudiantes que también cursaban periodismo. Aceptó con disgusto mi decisión y me hizo prometer que por lo menos tres veces por semana comería en su casa y le reservaría una tarde para ir al cine o a ver exposiciones, cuando su trabajo se lo permitiera. Mi madrastra, que era una mujer estúpida y maligna, para cumplir con el estereotipo, supongo, tenía celos, los siguió teniendo aun después de haber muerto mi padre, y trató siempre de sembrar cizaña entre nosotros. Por eso le vino de perlas que yo me afiliara al Partido e influyó mucho en el disgusto de mi padre, al que no dejaba de marear con el baldón que suponía mi militancia. Tal vez si hubiéramos convivido me hubiera enterado de si sus negocios eran o no fraudulentos, cosa que nunca se me pasó por la cabeza. Al contrario, pensaba que su fortuna era producto de su tesón, de su buen ojo y no de las maniobras ilegales de las que le acusaba mi ex marido, que nunca se había llevado bien con él. El detonante de nuestra ruptura fue el hecho de que me fuera a vivir con Guillem, y por eso durante algún tiempo dejamos de tratarnos. Sin embargo, entonces, igual que hace unos meses, el recuerdo de mi padre me resultaba obsesivo. Le echaba de menos y mi dependencia de él, la necesidad de que me estrechara entre sus brazos como cuando era niña me llevaron, a espaldas de Guillem, a ir a verle para anunciarle que estaba dispuesta a casarme, como él deseaba, porque no podía soportar nuestro alejamiento.

Mi padre, o quien ejerció como tal, fue la persona más importante de mi vida y sé muy bien en qué momento lo descubrí. Precisamente en el crucero que he mencionado, el día antes de que el barco llegase al puerto de Nueva York, después del baile con que el capitán y su tripulación se despedían de los pasajeros de lujo, entre los que, por cierto, figuraban los condes de Barcelona con la infanta Margarita. Mi padre, por primera vez, me permitió asistir al sarao, que con la perspectiva de los años me parece postinero, apolillado y un punto vulgar. Pero entonces, con ojos de adolescente, se me antojaba el más fastuoso y elegante del mundo y por eso le pedí a papá que me ayudara a escoger el vestido. Sentado en una butaca de su camarote, me hizo desfilar con diferentes modelos, minifalderos, por cierto, según la moda que por entonces venía de Londres, para determinar cuál me sentaba mejor. De su brazo entré en el salón de baile por donde circulaban camareros de charol sirviendo cócteles de colores variados. En vez de aceptar la mesa para dos a la que nos conducía el maître, me acompañó a la que ocupaban un grupo de chicas, entre las que se encontraba Aurora Díaz Plaja, de la que desde entonces soy amiga y a quien en aquella travesía le habían impuesto la banda de Miss Crucero por su belleza, y no porque fuera hija de don Guillermo, que nos amenizó con interesantes conferencias sobre el amor. De ese modo, mi padre me demostraba que no quería ser un estorbo, que deseaba que yo lo pasara bien con gente de mi edad. Le vi cruzar el salón e ir hasta la barra para pedir un bourbon con hielo. Enseguida se le acercaron un par de amigos. Él los hacía con rapidez porque, además de simpático, era ocurrente y de cartera ágil para invitar. Verle rodeado de gente evitó el impulso de levantarme para irme con él. Casi siempre me divertía más a su lado que con los demás. Cuando no estábamos juntos, ninguno de los dos nos perdíamos de vista. Me mandó una sonrisa de aprobación al ver que el primer chico que se acercó a nuestro grupo me eligió para sacarme a bailar. Era tan alto como mi padre, moreno, de ojos algo achinados y a mí me pareció atractivo, quizá por el hecho de que se hubiera fijado en mi persona. Habíamos mantenido algunas breves conversaciones en la piscina y en alguna ocasión, mientras tomábamos el sol, había notado que me miraba. Debo confesar que me hizo ilusión que me sacara a bailar porque temía quedarme sentada toda la noche. Por aquel entonces mi vida transcurría alejada de los chicos. Seguía interna en Mallorca en el Colegio del Sagrado Corazón. Las monjas consideraban perjudicial cualquier contacto masculino. Así, las posibilidades de relacionarme con alguien que no fuera mis compañeras eran muy escasas. Durante las vacaciones en Sóller o en Fornalutx no estaba más que con la abuela, que iba envejeciendo muy deprisa, y con la tía Francisca, que enriquecía mi adolescencia con historias extraordinarias, siguiendo la tradición familiar, y me prohibía salir porque consideraba que para una jovencita los hombres constituían un peligro morrocotudo: había violadores apostados en cada esquina y espermatozoides —aunque ella no los llamara así, sino *coses empreñadores*[*]— sueltos incluso en el aire, a tenor de los embarazos no deseados que una podía pillar sin haber hecho nada de nada, insistía ella, como si se tratara de la gripe, sólo por una maldita casualidad que debía evitarse a toda

---

[*] «Cosas que preñan.»

costa. De no haber muerto mi madre, ese mundo entre ridículo y cándido que tanto me influyó, un mundo que a estas bajuras de la edad me parece insólito, imposible de haber vivido, nada hubiera tenido que ver conmigo ni con mi literatura, a la que se asocia con tanta fuerza.

La emoción de mi primer baile me parece que queda así aún más justificada. Además, Mariano López de Finestrol, todavía recuerdo su nombre, era mayor que yo, tenía veinticinco años, otro ingrediente que contribuía a que me sintiera importante, dado que entonces las adolescentes de quince no solían llamar la atención de nadie que tuviera más de dieciocho. Debía de tener experiencia en el trato con tontas como yo, porque empezó por decirme que esperaba aquel momento con verdaderas ganas, que desde que me había visto deseaba hablar conmigo a solas, pero nunca había podido porque yo no le daba ninguna oportunidad. La música, que había pasado de un rock and roll a una canción melódica —*Reloj no marques las horas,* «Detén el tiempo en tus manos»..., entonaba en aquel momento el vocalista—, parecía de lo más propicia a la situación. De pronto pensé que, en efecto, el tiempo se detenía, que el tal Mariano López de Finestrol, teniente de la armada para más señas, por arte de magia, como en una película, como en la historia de mis padres, se había enamorado de mí. A pesar de que me sentía feliz, envuelta con el celofán de sus palabras, arropada en sus brazos, envidiada por mis amigas a las que nadie había invitado a bailar aún, necesitaba buscar los ojos de mi padre, que había ido a sentarse al fondo del salón y estaba hablando con un antiguo socio y su mujer —los mismos que se verían envueltos en el escándalo pre-Matesa— sin dejar de mirarme de vez en cuando. Y sin embargo, no me sentía vigilada, al contrario, me gustaba saber que él seguía allí pendiente de mí, cosa que sí, supongo, debía de molestar a mi pareja porque, con la excusa de que hacía calor, me propuso salir a cubierta. Además de contemplar conmigo la luna, la luna casi llena del mes de agosto, la más perfecta del año, según decía, tomaríamos un cóctel de champán en el bar de la piscina, donde los hacían extraordinarios. Era cierto. Mariano insistió para que me tomara otro y otro más. De pronto noté sus labios húmedos y calientes sobre los míos, el contacto de su lengua intentando abrirse camino dentro de mi boca, su mano adentrándose por mi escote. Sentí un asco infinito. Le pedí que me dejara pero él no hizo caso, al contrario. Entonces me deshice de aquel contacto dándole un empujón. Al hacerlo la copa de cóctel que aún tenía a medias en mi mano izquierda fue a caer sobre su esmoquin.

—Imbécil, pero ¿qué te has creído?

Perseguida por sus palabras corrí hacia abajo, hacia el salón de baile. Quería volver al camarote para lavarme los dientes y ducharme. Me sentía sucia, las monjas me habían descrito mil veces esa sensación de impureza, pero no tenía llave. Las llaves las guardaba mi padre en un bolsillo de su chaqueta. Le diría que no me encontraba bien. La cabeza, en efecto, me daba vueltas, pero no tantas como para no saber qué era lo que en realidad me ocurría. Me sentía enormemente decepcionada. Me habían besado por primera vez y lo habían hecho a la fuerza, bruscamente, sin delicadeza. Me parecía que Mariano me había estafado. Ya sé que la cuestión no deja de ser anecdótica, pero para mí, educada de modo puritano y platónico, significaba mucho. Había fantaseado muchas veces con la ilusión de que el primer hombre que me besara lo haría porque yo lo deseara, que sería yo la que escogería a la persona y el momento, aunque la iniciativa, por supuesto, fuera de él. Una persona y un momento que para siempre jamás deberían permanecer grabados en mi memoria, realzados con las letras mayúsculas de los grandes acontecimientos.

Mi padre no estaba en el salón de baile. Había salido a buscarme a cubierta. Si no nos habíamos cruzado era porque la sala tenía varias puertas a babor y a estribor. Volví hacia arriba. Tenía miedo de tropezarme de nuevo con Mariano pero era imprescindible que diera con mi padre. Finalmente los encontré a los dos. El tal López de Finestrol tenía un ojo amoratado y estaba sentado en el suelo. Mi padre, enfurecido, con el pelo revuelto, se estaba poniendo la chaqueta. Me abracé a él y entre sus brazos empecé a llorar. Me besó en los cabellos mientras yo sollozaba en su hombro. Me llevó al camarote. Esperó a que me duchara y me pusiera el camisón. Sin preguntarme nada me dijo que me acostara. Luego se sentó en la cama y tomó mi mano entre las suyas, como hacía cuando era pequeña. No sé cuánto tiempo pasó hasta que me dormí.

Recordé aquella remota escena muy a menudo durante las dos semanas que permanecí encerrada en casa, al regresar de París, como ya le he contado. Con precisión exacta volvían las imágenes «de aquella inolvidable velada» que el baile de gala ofrecido por el capitán había de proporcionar a los pasajeros, según constaba en los tarjetones impresos que nos habían dejado en el camarote. Tal vez por eso, una noche soñé que bailaba con mi padre en aquel mismo salón del crucero de la compañía Ibarra, el salón de los fastos del Cabo San Vicente, para ser más exacta. Bailábamos como si nada nos importara, como si no hubiera nadie a nuestro alrededor, como si estuviéramos solos en las suites de nuestros viajes, mirándonos a los ojos, a menudo besándonos. «Nunca había sido tan feliz», me decía. «Ni yo», le contestaba. Y era yo, en el sueño, quien buscaba sus labios con los míos, que quemaban, y confundía su saliva con la mía, mientras el vocalista de la orquesta, con voz melancólica, entonaba: «Haz esta noche perpetua, para que nunca se vaya de mí, para que nunca amanezca»...

El sueño se repitió diversas veces y me dejó un sabor terriblemente amargo. Las cartas de mi madre no sólo me hacían dudar de mis orígenes sino que además contaminaban los afectos que yo creía más limpios, que más me habían ayudado a echar raíces, en definitiva, a ser quien era. Del inconsciente afloraban fantasías que nunca hubiera podido admitir despierta, que nunca se me hubieran podido pasar por la cabeza, hacia las que, sin embargo, me arrastraban mis sueños sin que yo pudiera evitarlo, y me sentía aún más culpable, más atormentada por unos remordimientos nuevos, que no era capaz de controlar. No me soportaba. Huía de los espejos todavía con mayor obsesión que de niña. Los odiaba, en justa correspondencia: hacía tiempo que notaba sus gestos de menosprecio emergiendo victoriosos delante de mí, en cada pliegue de la piel, en cada arruga, certificando que el castigo de envejecer es la peor venganza de la vida. A pesar de que en casa no hay más que un espejo en el baño, evitaba mirarme en él. Me peinaba de memoria, prescindiendo de mi imagen. Pero no sólo era por culpa de la evidencia del transcurso del tiempo, cuya sensación lacerante en aquellas semanas depresivas se había recrudecido, sino por el miedo de que el espejo me devolviera la nada, no el reflejo de mi cara, sino el vacío, un vacío del que sólo tal vez emergiera la boca de mi padre y sus bigotes. Fue entonces cuando llamé a mi ex marido para pedirle que me recomendara un psiquiatra. Me daba cuenta de que sola no podría salir del pozo porque estaba a punto de enloquecer.

Gracias a Guillem la doctora Rosa Sender me recibió enseguida en un despacho funcional donde había plantas, flores frescas y un reloj que daba las horas con un sonido discreto y melodioso. Aunque había oído hablar de ella y hasta era posible que hubiéramos coincidido cuando yo estaba casada, porque su cara me era familiar, no nos conocíamos. No conocer al psiquiatra dicen que es imprescindible para el éxito de la terapia. Pero yo no había ido a su consulta con la intención de empezar ninguna. Únicamente para que me recetara unas pastillas —somos química, de eso estoy absolutamente segura— que me devolvieran el equilibrio perdido y me hiciesen sentir, al menos, como antes de haber recibido las cartas. Ella, sin embargo, por ética profesional se negaba sólo a medicarme. Para ponerme bien, a tono, para ayudarme a salir de la depresión, necesitaba saber si yo conocía la causa. Puede que ahora, después de haberme confesado delante de usted, de haberle enseñado *mon coeur mis à nu*,* desnudo también de cintura para abajo, le resulte difícil creerme si le digo hasta qué punto tuve que esforzarme para contarle a una desconocida —la doctora lo era por muy médico que fuese— lo que no había sido capaz de decir a ninguno de mis amigos. Durante las primeras visitas la vergüenza me trababa la lengua, farfullaba en vez de hablar. Me pasaba muchos ratos en silencio, mirando las plantas, cómplice de su mutismo que envidiaba, pendiente del reloj, esperando el consuelo de su musiquilla liberadora. Poco a poco fui superando aquel estado catatónico. La paciencia de la doctora, que se tomó mi caso con todo el interés del mundo, resultó clave. Ahora sé que lo que más necesitaba era ser escuchada, que alguien aceptara que mi silencio angustioso era también una manera de comunicar. Claro que para recuperar mi yo en el espejo, para ahuyentar aquella chispa de locura, tenía que recobrar las palabras. Sólo si hacía el

---

* «Mi corazón al desnudo.»

esfuerzo de verbalizar lo que me ocurría, podría empezar a llenar el vacío, volver a ver mi cara en el espejo, ser otra vez quien era, argumentaba la psiquiatra, recordándome que los antiguos, los médicos griegos, usaron ya la terapia de la palabra como principal remedio. Tenían razón, al menos en mi caso hubieran acertado. Las palabras me ayudaron muchísimo. A medida que ordenaba mis temores, a medida que trataba de expresar la ambivalencia de mis sentimientos respecto a mi madre, los sueños turbadores sobre mi padre, iba mejorando. Las palabras me daban vida, me servían de punto de apoyo. Eran las muletas con las que podía comenzar a andar de nuevo, porque hasta eso lo hacía con dificultad. Me mareaba. Había perdido quince kilos en un mes y medio y me encontraba tan débil que a menudo todo me daba vueltas y tenía que sujetarme para no caerme.

Por indicación de la doctora Sender, ingresé en una residencia. El hecho de no estar en casa hacía que no dejara de comer y sí de beber, que siguiera con la medicación y sobre todo que no hiciera una tontería. Como ni siquiera me sentía capaz de salir de casa por mi propio pie para ir al encuentro del primer vehículo que pasara, pensaba que la mejor opción que tenía era tirarme por la ventana. Más de una vez la abrí para tratar de calibrar las posibilidades de caer en medio de la calle y matarme. Ahora me doy cuenta de que mi atracción por el vacío guardaba relación con el terror de que mi imagen no se reflejara en el espejo. Si no era nadie, lo mejor que podía hacer era buscar la nada.

La residencia en la que me internaron, rehabilitada sobre la antigua casa de veraneo de un indiano, en la falda de la sierra de Collserola, queda en el extrarradio de Barcelona, no lejos de la Ronda de Dalt. A pesar de las proximidades del tráfico, que rodaba en una vorágine multicolor en las horas punta, era un espacio tranquilo, en apariencia normal, o al menos así me lo figuré el primer día, a simple vista. Pero me equivoqué de lleno. Todo, desde el aire que respirábamos hasta el último bocado que tomábamos, estaba bajo vigilancia intensiva, como si estuviéramos en la UVI de un hospital. Los jardines, por ejemplo, magníficos, con setos de boj perfectamente recortados, un par de secuoyas enormes, repletos de flores, habían sido cercados por muros de imponente altura, coronados por una crestería de vidrios y alambres puntiagudos. Las entradas y salidas, controladas desde una cabina central por sistemas electrónicos, estaban además supervisadas, supongo que por si algo fallaba, por un guardia de seguridad. Aquel despliegue no obedecía, como en los barrios de los ricos, a ser preservados de las gentes de fuera, de los amigos de lo ajeno, como suelen escribir en las crónicas de sucesos los redactores cursis para suplir la palabra ladrón, sino a la inversa, para evitar que saliéramos nosotros, los recluidos, «los internos», así oí que nos llamaban algunos de los cuidadores asociándonos a los presos. Lo éramos, o yo me sentía como tal. Las ventanas no tenían rejas, pero sí un mecanismo que impedía que se abriesen y los cristales estaban blindados. El psiquiatra que me atendía justificó que, precisamente en aquellas medidas de seguridad, de las que tanto me quejaba, residía, en buena parte, el prestigio del centro. Las familias de los pacientes se sentían tranquilas después de comprobar que éstos no podían salir de su reclusión o hacer cualquier disparate, como ocurría en otras residencias, faltas de aquellos medios, donde se habían dado casos de fuga que habían terminado de manera fatídica para los enfermos y también para ciertos médicos, que acabaron en los tribunales, acusados de negligencia temeraria. En mi residencia cualquier intento de huida hubiera resultado infructuoso, aseguraba el doctor.

Y añadía con una sonrisa irónica: «Ni al más trastornado de los pacientes se le podría pasar por la cabeza que habría de conseguir fugarse». A pesar de que la horrible sensación de estar presa me resultaba insoportable, no era ni mucho menos lo peor. Lo peor, lo más terrible e incómodo, era la convivencia y el sometimiento a un horario estricto que empezaba a las nueve con ejercicios respiratorios y seguía después con una terapia de grupo con otros depresivos. Una situación que detestaba porque entonces no me sentía dispuesta en absoluto a tener que contar en público que la causa de mi estado tenía que ver con la posible ilegitimidad de mi nacimiento. Los internos no éramos tratados en la residencia por series homogéneas, como en los hospitales, donde, según las enfermedades —coronarias, hepáticas, psiquiátricas—, quienes las padecen ocupan lugares distintos, módulos específicos en plantas diferentes, sino a granel, sin clasificar, como si formáramos parte de un almacén de pueblo de los de antes. De ahí que me resultara aún más difícil convivir con enfermos de Alzheimer y dementes seniles que deambulaban por los jardines o se perdían por los pasillos. Algunos me habían pedido socorro. Pretendían que les ayudara a fugarse, quizá porque era nueva y confiaban en que alguien habría de venir a liberarles. Uno de ellos, un anciano de exótica pelambrera blanca, a lo Einstein, una pelambrera de sabio internacional —lo fue, según pude saber—, me había ofrecido dinero, mucho dinero que tenía escondido en una maceta del jardín. Todos pretendían regresar a casa, una casa que probablemente ya no conservaban, cuyas señas ni siquiera eran capaces de recordar. Puede que mi psiquiatra al prescribirme el infierno de aquel lugar intentara también que la convivencia con el cúmulo de desgracias me hiciera reaccionar. También yo deseaba más que nada en el mundo volver a casa. Luchaba cada día para conseguirlo.

Dos meses después de haber entrado me permitieron dejar la residencia. Un hecho casual precipitó la salida. Una semana antes de marcharme, mientras leía en un banco del jardín, vino a sentarse a mi lado una señora mayor. Me tomó una mano y comenzó a acariciármela de manera mecánica, sin decir nada. La saludé, pero no me contestó. Apenas la conocía porque solía hacer vida aparte en compañía de una enfermera que la atendía en exclusiva. Me había fijado, eso sí, en la belleza que todavía revelaban sus rasgos, en el óvalo perfecto de su cara, en su pelo luminoso, casi azul, a pesar de la inexpresividad de sus ojos, que nada parecían mirar porque probablemente nada veían, excepto un mar de tinieblas, por donde navegaba hacía más de cuarenta años, como me contó la enfermera, que en vano trató de que soltara mi mano.

—Algo de usted le habrá llamado la atención de modo instintivo, porque su psique no obedece a los estímulos normales, está ciega y sorda, aunque tenga oídos y ojos para ver y oír. Quizá usted le recuerda a su hija, que murió hace mucho. Puede que la confunda con ella. ¿La conoces? ¿Quién es? —le preguntó en el tono melifluo y condescendiente con el que algunas personas se dirigen a los niños—. ¿Sabes quién es, Cecilia?

Bruscamente me desasí de su contacto. La casualidad de la coincidencia con el nombre de mi madre me golpeó en pleno estómago. No deseaba de ningún modo incorporar la sombra de aquella mujer a mi vida. No podía incluir ni siquiera una pizca más de duda en mi historia, en la historia de Cecilia Balaguer, que bastante sobrada andaba ya de ingredientes de folletín.

Reanudé las visitas al despacho del psiquiatra mucho menos alterada. La medicación había ido surtiendo su efecto. Poco a poco iba abandonando mi infierno personal y me incorporaba al trabajo cotidiano. Volví a colaborar en el periódico para el que escribía artículos. A menudo venía a verme Guillem, que, desde que imaginaba que su ex suegro tal vez no era el facha que siempre había creído, me hacía mucho más caso. Puede que, en efecto, mi padre resultara un auténtico impedimento entre nosotros. Porque ahora que presuponía que el amante de Cecilia Balaguer era un luchador, un antifascista probado, quizá un miembro del maquis, su interés afectuosísimo por mí iba en aumento. Para corroborar esa hipótesis, una tarde se presentó con un montón de libros sobre la lucha antifranquista, que tanto él como yo comenzamos a leer. Creo que ambos nos pusimos al día respecto a lo que supuso la resistencia durante las dos primeras décadas de la posguerra, de cómo fue el intento desesperado de seguir combatiendo a Franco.

Yo leía, aún con mayor interés que los textos de historia, las biografías de Sabaté, Ramón Vila o Facerías, o me sumergía en las páginas de las memorias de algunos militantes, atenta a cualquier alusión que me permitiera identificar a mi madre, atenta también a identificar los ojos de lobo en las fotografías de los maquis reproducidas tanto en los textos que los vindican como aquello que fueron, guerrilleros, antifascistas, a menudo valientes luchadores contra la causa perdida de la República, como en los que les consideran bandoleros, forajidos, matones a sueldo, extorsionadores, asesinos, escoria, purria de bajos fondos, alimañas feroces, sedientos de sangre y brutalidad, tarados, enfermos de incontinencia armada..., tal y como la ortodoxia semántica franquista les mandaba llamar. De Cecilia Balaguer no encontré referencia alguna, pero fueron diversas las fotografías en las que aparece la remota oscuridad de los bosques y la jauría de los lobos tras las niñas de los ojos que tanto me habían impresionado de pequeña. El hombre que nos siguió se parecía a cualquiera de aquellos maquis y en realidad era uno de ellos. Por la fecha de su muerte pude saber que se trataba de Ángel Marqués, que pertenecía a la partida de Facerías y cayó en la calle Diputación de Barcelona, una mañana de diciembre de 1956, abatido a tiros por la policía, no porque asaltara ningún banco, sino porque un confidente lo delató. En cuanto al nombre de Ramón coincide con el de Caraquemada, pero podía aludir a cualquier otro. O quizá era una consigna, un santo y seña... O una equivocación...

Guillem decía, y yo también así lo creía después de averiguar cómo era la vida de las partidas que bajaban a España y qué tipo de personas las integraban, que mi madre era demasiado burguesa para mantener una relación amorosa con cualquiera de aquellos hombres duros, sin manías, que, a buen seguro, no tenían la costumbre de saludar a las señoras besándoles la mano. Por otro lado, mi ex marido puntualizaba que el Partido Comunista había abandonado la lucha armada hacia 1948, siguiendo las directrices de Stalin, que aseguraba que una multicopista podía hacer más daño que un tanque y encima era mucho más barata. También los jefes anarquistas de Toulouse habrían de desmarcarse pronto de la actividad de las partidas... El amante de mi madre debía de ser alguien que estaba en la cúpula política, alguien con poder. Y ya que, según Guillem, no se trataba de Federica Montseny ni de la Pasionaria, apuntaba los nombres de Carrillo o de Semprún... No sé si porque prefería esos dos presuntos ex suegros a otros ex suegros también hipotéticos o porque eran o habían sido del Partido Comunista, en el que él había militado. Según mi ex marido lo mejor que podía hacer era ir a verles, seguro que los dos estarían dispuestos a aceptarme como hija si podía probar su colaboración engendradora. Incluso una paternidad retroactiva les daría prestigio, y me ponía como ejemplo los casos de Mitterrand y Toledo, dos presidentes de Gobierno que habían reconocido hijas creciditas... Guillem, como siempre, lo miraba todo desde fuera y se permitía frivolizar, quizá para quitar dramatismo a mi obsesión por la anagnórisis. Antes de intentar iniciar algún contacto con los presuntos implicados decidí enfrentarme al monográfico de mis orígenes regresando a Mallorca y yendo después a Avignon, tal y como me recomendaba la doctora Sender.

Quizá usted pensará que había una manera drástica y definitiva para acabar con mis dudas: una prueba de paternidad. A pesar de los incordios legales y burocráticos, la hubiera llevado adelante en el caso de que hubiera sido posible. Pero, por desgracia, no lo era. Mi padre no había sido enterrado en ningún lugar. Medio año antes de morir me había pedido que le prometiera que sus restos serían incinerados y sus cenizas esparcidas en el mar de Mallorca. Mi hermanastro y yo nos encargamos de cumplir su voluntad. Y una mañana luminosa de octubre de 1989, desde el velero de Llorenç, a una milla del Cap Gros, no lejos del puerto de Sóller, frente a la costa de Auconassa, donde a veces en verano habíamos bajado a bañarnos, las aventamos. Casi de inmediato las leves olas azules acogieron el gris ceniciento en que mi padre había acabado por convertirse. Les bastó un instante para diluirlo y darle un cobijo definitivo. Diez años más tarde, en el mismo lugar, acompañé a mi cuñada Diana a una ceremonia semejante. Mi hermanastro murió, sin descendencia, en un accidente de tráfico en Mallorca. Su coche se empotró contra un camión, camino del aeropuerto, adonde iba a recoger a su mujer. Regresaba del predio de

Fornalutx, que nuestro padre nos había dejado por indiviso y que ahora es propiedad de mi cuñada. El hecho de que tanto mi padre como su hijo hubieran sido incinerados me impedía conocer si nuestro parentesco era cierto. Estaba en un callejón sin salida. No me quedaba más remedio que seguir el camino que me marcaba la doctora Sender y ponerme en contacto con mi cuñada, aunque me diera una pereza enorme llamarla. Después de la muerte de Llorenç nos habíamos relacionado poco, probablemente por culpa mía. Me molestó un comentario suyo sobre las ideas xenófobas de mi padre, hecho de pasada y ahora creo que sin ánimo de ofenderle. Según ella, su suegro nunca le había perdonado que fuera una sudaca exiliada. Le dije que lo que ocurría no era eso, que no tenía ninguna manía a los extranjeros, sino que, como todos los padres, deseaba lo mejor para sus hijos. Reconozco que me comporté de un modo inconveniente y comprendo que a partir de aquel día Diana prefiriera evitarme. Los asuntos de la testamentaría de mi padre que aún quedaban pendientes entre Llorenç y yo, y que a partir de la muerte de mi hermano tenía que resolver con ella, los tramitó un abogado. Deseaba terminar con el indiviso y reclamé mi parte de la finca. No quería enfrentarme con tantos recuerdos personales acompañada por alguien ajeno y, por eso, ya que los tasadores habían puesto un precio, a mi parecer, desorbitado, decidí venderle mi parte. Aceptó. A mi hermanastro se le daban muy bien los negocios y se lo había dejado todo a su viuda. Diana era una mujer muy rica.

La doctora Rosa Sender, a principios de septiembre, casi un año después del día en que abrí la carpeta, me dio un ultimátum: en veinticuatro horas debía llamar

131

a mi cuñada, anunciarle mi visita y tomar un avión. Obedecí. Le pedí a Diana que me permitiera buscar en el desván las cajas y baúles que provenían de París, de casa de mi abuelo. Le conté que estaba escribiendo una nota biográfica sobre Pere Balaguer y necesitaba consultar unos papeles que seguramente estaban allí. Mi cuñada no me puso el más mínimo impedimento. Todo lo contrario, estaba encantada de recibirme y de que me llevara cuanto quisiera del desván. Le haría un favor. Necesitaba espacio. Estaba haciendo obras para convertir la finca en una explotación de turismo rural.

Llegué a Mallorca con la intención exclusiva de ir a Fornalutx, buscar las cajas procedentes de París y Barcelona, y regresar lo más rápidamente posible a casa. Pero nada más entrar en Sóller, me di cuenta de que los olores del valle, una mezcla indefinible de flores de naranjo, hojas de limonero y tierra mojada, me llamaban con fuertes reclamos. Puede que lo que hubiera ido a buscar no fueran sólo las huellas de mi madre sino, sin saberlo, las mías propias, las de los meses pasados con la abuela en su casa, una casa humilde de las afueras de Sóller en el barrio llamado de L'Horta, que compartía con su hija bordadora, mi tía Francisca. Aunque quizá ninguna llevara mi sangre, aunque de los baúles pudiera sacar la certeza de mi nombre verdadero, aunque nada tuviera que ver con ellas, me sentía atada a las dos por un vínculo indestructible. Más que a nada en el mundo, mi vida estaba arraigada en su amparo, *«com en la nit les flames a la fosca».* *

* «Como en la noche las llamas a la oscuridad.»

Oliendo con la precisión del olfato infantil que la memoria me devolvió íntegro —el invierno y la primavera de 1960 los había pasado en Sóller—, me daba cuenta de que había llegado a un punto, a una edad, donde pesan más los años idos que los que quedan por venir y, en consecuencia, son los recuerdos los que otorgan sentido a nuestra existencia, sea cual sea nuestra identidad. Eran los pasos que me habían conducido hasta allí, hasta la primera vuelta de la carretera, los que daban razón de mi vida. Yo era el resultado de infinitos segundos, de minutos también infinitos, de medio millón de horas. Fuera quien fuera mi padre no podía hacer más que aceptarlo, de la misma manera que no me quedaba otro remedio que aceptar que mi cara ante el espejo se iba acoplando a la futura calavera sin que mi voluntad pudiera ofrecer ninguna resistencia. A sorbos de tiempo, mis labios se iban adelgazando y por eso les costaba mucho más reírle las gracias a la vida, y los ojos empequeñecidos, hundidos, metidos en las cuencas, miraban hacia dentro y por tanto hacia atrás, mucho más que hacia delante. Ojalá que a usted le falten todavía muchos años para entrar en el vedado de la vejez a la que yo me encamino con la certeza de que estoy —no podía ser de otro modo— en la recta final, y pueda disponer a placer de sus horas, minutos y segundos sin sentir la angustia de llevar estampada en todos los poros de la piel la fecha de caducidad.

Camino de Fornalutx, conduciendo el coche que acababa de alquilar en el aeropuerto, una mañana clarísima del mes de septiembre, pensaba que la certeza de la muerte, su evidencia e incluso su constante compañía —nos morimos de sobredosis de nosotros mismos, como dice un amigo mío— me serían más fáciles de aceptar si sabía a qué familia de difuntos pertenecía, quiénes eran de verdad mis antepasados paternos. Pero a la vez, en medio de aquel paisaje, en el que reconocía desde los olivos, los bancales y las cruces de término hasta las insignificantes flores de las cunetas, tenía la absoluta convicción de que si me parecía tan mío, era porque había pertenecido a mis antepasados, gentes humildes, aparceros y gañanes, destripaterrones, que desde siglos atrás habitaron aquellos valles. Sólo mi padre, sólo el marido de Cecilia Balaguer, los había abandonado. Sólo él se había escapado a su destino de campesino pobre y, gracias a su participación en la guerra junto a los nacionales y su actuación en el frente de Manacor, había conseguido emprender una nueva vida. Me decía que Cecilia Balaguer le había mentido a su amante, que yo no podía ser más que nieta de mi abuela, una abuela que apenas sabía firmar, pero que me transmitió su capacidad de contar historias, que empezaban siempre, indefectiblemente, como las *Rondaies,* los cuentos populares de Mallorca: *«Això era i no era / bon viatge faci sa cadernera...»*[*]. Como en las *Rondaies,* con su misma ambigüedad, comenzaba la abuela sus narraciones, que, por otro lado, no eran cuentos sino acontecimientos verdaderos, como recalcaba ella, aunque la época en que sucedieron fuera lejana. A veces se remontaba a cuando Jesús anduvo por la tierra junto a sus discípulos o incluso más atrás, cuando los perros hablaban... Yo me sentía heredera directa de la abuela, de sus historias que había tratado de continuar en mis narraciones con la sensación de que, de ese modo, ella se prolongaba en mí y con ella pervivían otras mujeres, bisabuelas y tatarabuelas remotas, a las que me creía unida. Las profundas raíces que yo

---

[*] «Eso era y no era, buen viaje haga el jilguero...»

aseguraba mantener con mi tierra, la vinculación con unos determinados lugares de la isla de Mallorca, que nadie discutía y de la que incluso las autoridades locales se vanagloriaban, como si mis libros llevaran —igual que la tan celebrada sobrasada de auténtico cerdo mallorquín— una etiqueta con denominación de origen para probar su incontestable calidad isleña, también me las había inventado si mi ascendencia era otra.

A la luz de las cartas de mi madre, tal vez, finalmente, no tendría más remedio que aceptar que todo era sólo producto de mi imaginación, un simulacro patético. Como no había dejado de hacer desde el pasado 24 de septiembre, me preguntaba quién era yo, quién demonios era. Sabía, me lo había dicho la psiquiatra, me lo habían repetido en la residencia, que para contestar a esa pregunta no es suficiente con un nombre y unos apellidos, como basta cuando alguien nos pide que nos identifiquemos al dar un recado por teléfono. En cambio, cuando se trata de pasar una frontera, se nos exige un documento que acredite nuestra identidad, que certifique lo que afirmamos ser de viva voz. El nombre y los apellidos tienen que ver con las coordenadas que nos afianzan en un determinado espacio: sé quién soy porque sé a quién pertenezco, de qué savia han bebido mis raíces, qué aire de familia guardo con ellas. Hasta no hace demasiado, hasta que no leí las cartas, todo estaba muy claro para mí. Mi nombre, mi condición, mi vinculación geográfica a un determinado espacio al que me sentía ligada por mis ancestros. No es que ahora piense renunciar de golpe a mi apellido ni a mi condición de escritora en tiempos de miseria, ni al espacio geográfico que ha permeabilizado mi escritura, ni a la lengua minoritaria mediante la cual se expresaron mis antepasados postizos o no, porque todo eso, aunque sólo sea por adopción, me pertenece. Sin embargo, me pregunto si la falta de estímulo, la sensación, tan acuciante durante estos últimos meses, de que la vida apenas me concierne, de que quizá no volverán a invitarme a su fiesta, de que hasta el verano, que tanto me gustaba, puede ser una estación hostil, tiene que ver no sólo con la edad sino con la incertidumbre de mis orígenes. Desde que leí las cartas, todo se volvió más confuso e inestable. Mi mundo, igual que mi persona, empezó a hacer aguas, a desvanecerse.

Es cierto que nuestra identidad se define también por la aceptación de unos compromisos morales que nos inducen en cada caso a escoger lo que debemos hacer, lo que nos está o no permitido, lo que resulta apropiado a cada cual. La abuela, que jamás debió de sospechar siquiera que yo no fuera su nieta, me decía siempre que no podía sentarme con las piernas separadas porque de hacerlo pensarían que era una niña recogida o quién sabe si comprada a unos saltimbanquis por dos pesetas... En cambio mi madre jamás mencionó tal cosa. Me acuerdo de que Josefa me solía contar el cuento de Pulgarcito, el niño nacido dentro de una col, el niño que no tenía padres y me acuerdo también de que, si mi madre se enteraba, la reprendía con dureza. «Ésos no son cuentos apropiados para la niña —le decía—, cuéntele el cuento de "La Cenicienta" que se convierte en princesa».

Igualmente, dicen que define nuestra personalidad la civilización, la tradición y hasta la nación a la que pertenecemos, la cultura en la que nos hemos formado. La mía, como la de tantas otras personas de mi generación, quizá como la de usted, si ha nacido en la posguerra, tiene más relación con el siglo XX y con el XIX si me apura, que con el siglo XXI en el que nos encontramos. A menudo, en estos últimos tiempos —¡qué ironía!— me he sentido más cerca de la sencillez de las creencias de la abuela, del ritmo de los trabajos y los días que transcurren en contacto con la naturaleza, que de la vorágine del sistema internáutico, que por supuesto utilizo y que he usado para buscar datos sobre el presunto amante de Cecilia Balaguer. Y, por descontado, aunque me considere laica, aunque me defina como agnóstica, no puedo renunciar a la herencia católica, un catolicismo a veces incluso sin Dios —que yo sigo escribiendo con mayúscula— y que me ha permitido sentirme en consonancia con el calendario litúrgico y, aunque no practicara, servirme de referentes religiosos en los que se enraizaban mis ancestros y con los que me sentía en conexión. Sin embargo, de un tiempo a esta parte, dos mil años de cristianismo han ido perdiendo peso y hasta parecen a punto de desaparecer, y con ellos el ámbito de las creencias de mi infancia, que tan inmutable me parecía, y en el que mi abuela, más que mi madre, me afianzó. Pero ese cambio, el paso de una sociedad religiosa a otra laica, no nos ha hecho ni más libres ni más racionales ni más críticos. Hemos abandonado a Dios, pero seguimos comulgando con ruedas de molino...

Quién sabe si mi agnosticismo sólo tiene sentido cuando estoy rodeada de católicos... A menudo he pensado que desde que nadie reza por mí, desde que la abuela y la tía murieron, las cosas me van de mal en peor. La sustitución del sentido sacro por el consumismo desaforado no considero que haya modificado gran cosa la condición humana, ni nos ha otorgado más libertad, ni más capacidad hegemónica. Continuamos siendo criaturas en dependencia, no de Dios sino de los productos del mercado, y en especial de cuantos predican, sin tregua ni sosiego, que el único camino posible para la salvación terrenal y la felicidad inmediata es la posesión de unos determinados bienes, anunciados en la televisión.

No ignoro lo que significa que el entorno se convierta en extraño y deje de gustarnos, quiere decir que hemos envejecido de golpe, sin apenas percibirlo y entonces nos sumergimos en la melancolía. Pero incluso con esa certidumbre me preguntaba si de conocer a mi verdadera abuela o a mi verdadero padre, si después de la muerte de mi madre, en vez de quedarme en Mallorca hubiera pasado a Francia o a cualquier otro lugar, si mi auténtica familia me hubiera reclamado, yo sería la misma. Si las creencias religiosas de mi infancia, en las que me reafirmé durante la adolescencia, no hubieran sido las mismas, probablemente tampoco yo sería igual. Mi tendencia a la incertidumbre, esa manera dubitativa de estar en el mundo, esa violenta sensación de inseguridad por la que me siento sobrecogida ¿tienen o no que ver con la incertidumbre de mis orígenes? Me lo pregunto a menudo. También me pregunto: ¿cómo debo juzgar a mi madre, tratando de comprenderla o condenándola; aceptando que en su época y en su situación yo hubiera actuado de la misma manera? Pero ¿cuál era su situación? No la aparente, no la que representaba, esposa de un próspero constructor, de un rico *selfmade man,* una bella y atractiva mujer que cuidaba con afecto de un padre enfermo y por ello viajaba a París, no por ninguna otra razón. Aunque quizá traficara con obras de arte y quizá también ayudara a los maquis o incluso formara parte de su red.

Seguía pensando todo eso —en realidad hace tiempo que no pienso en otra cosa— mientras deshacía el equipaje en el Petit Hotel de Fornalutx, donde decidí instalarme antes de ir a ver a mi cuñada y comenzar con mis pesquisas en el desván.

La casa de Fornalutx, a doce kilómetros del pueblo del mismo nombre, había formado parte de una finca mucho mayor en la que por lo menos durante un siglo habían servido —así lo contaba la abuela— sus antepasados, que, como ella, aceptaron sin cuestionarse la fuerte jerarquía social del campesinado mallorquín. Ella, por ejemplo, se sentía satisfecha de haber pasado, al casarse con el capataz de Moncaire, de simple temporera a mayorala, un grado bastante más elevado, e hizo valer esa conquista social ante las personas de su misma condición, a la vez que aceptó sin pestañear el dominio que sobre ella ejercían los señores, los dueños de la finca. Pero la muerte prematura de su marido de un *mal mal* —como decía para insistir en la negatividad absoluta de la enfermedad, supongo, para ella los males eran todos muy malos, no había males menores— le impidió quedarse en Moncaire y no tuvo más remedio que marcharse a Sóller con sus dos hijos muy pequeños. Allí pudo sacar adelante a los niños, a mi padre y a mi tía, trabajando a destajo como jornalera o lavandera, según la estación. Contó con la ayuda del párroco de la iglesia de L'Horta, que, dándose cuenta de que el hijo de *Madò Lluca* era mucho más inteligente que el resto de los monaguillos, intentó que entrara en el seminario. Mi padre pasó allí, en el viejo edificio de San Alonso de Palma, enorme y destartalado, cuatro años, pero durante unas vacaciones, acababa de cumplir los trece, le dijo a su madre que no sería un buen sacerdote, que no sentía la vocación que, según sus maestros, era imprescindible para emprender aquella vida célibe y sacrificada. La abuela lloró mucho y se lo tomó como una horrible pérdida. Desde su punto de vista lo era y por partida doble: en la tierra tendría que renunciar a la constatación del dicho mallorquín: *«Un fill capellà, fa sa mare senyora»*,* y en el cielo, al lugar reservado para las familias de los mi-

---

* «Un hijo sacerdote convierte a su madre en una señora.»

nistros de Dios. Sin embargo claudicó. Le quería demasiado para hacerle un desgraciado y aceptó lo que mi padre le aseguraba con vehemencia: que encontraría otra posibilidad para salir de pobre sin tener que privarse de ser un hombre al completo. La abuela se avino a que siguiera estudiando el bachillerato por la mañana y por las tardes trabajase en un taller de carpintería. Había aprobado el Examen de Estado y pensaba empezar por libre la carrera de Leyes cuando estalló la guerra. Tenía dieciocho años y le movilizaron, destinándole al frente de Manacor. Fue entonces cuando se hizo falangista, y en aquella decisión, seguramente, se basó su posterior fortuna porque un capitoste del Movimiento le tomó bajo su tutela. Se trataba de un anticuario de Palma muy conocido, cuya dudosa fama como falsificador supe durante mi último viaje. También me contaron que en el frente el tal Bestard se dedicó a llevarse cuanto de valor encontró en los chalets abandonados para podérselo devolver después a sus dueños, aseguraba, salvándolo así de caer en manos de los rojos. Probablemente, fue Bestard el que le contagió su interés por la compraventa de antigüedades, el primer negocio al que se dedicó mi padre y que luego, no obstante, fue dejando, aunque no del todo. A la abuela los éxitos económicos de su hijo no le afectaban en absoluto. Ella aseguraba conformarse con muy poco: le bastaba con un plato de sopa a la hora de comer, y a la de dormir, un jergón de paja le parecía suficiente. Quizá por eso, el primer invierno que pasé en su compañía, no quiso tomar criada, como deseaba mi padre. Pretextaba que en su casa no había sitio, que no necesitaba ayuda porque aún se encontraba con ánimo y contaba, además, con la de mi tía. La abuela era tan tradicional, tenía unas convicciones tan a la antigua —«Con una madre así», le decía Cecilia a su marido, «no es raro que te dedicaras a las antigüedades»—que se le hacía cuesta arriba que el dinero pudiera cambiar a la gente. Por eso se reía cuando oía referirse a mi padre como «el señor» o cuando veía que le trataban de usted personas que le habían conocido de niño y que, por el contrario, seguían hablándole de tú a mi tía. Para mi abuela los únicos señores verdaderos eran los antiguos, los nobles, algo que indignaba a mi madre, que no comprendía la mentalidad de su suegra, con quien nunca congenió.

Recuerdo que el primer año que fuimos de vacaciones a Fornalutx —mi padre acababa de comprar la finca, debía de ser en 1956, un año antes del viaje a París— la abuela le pidió a mi madre que la acompañara a visitar a «su señora». Con ese nombre se refería siempre a la dueña del predio donde ella había nacido y que, por haber tenido que hacer frente a unas hipotecas que no podía pagar, le había vendido a mi padre una parte de su propiedad. La abuela consideraba que estaba obligada a llevarnos a ver a doña María Antonia sólo por el hecho de que ella había mostrado deseos de conocernos. La señora vivía cerca de la catedral, en un caserón decadente y sombrío que daba a dos calles estrechas, por donde, como escribiría Llorenç Villalonga, sólo se paseaban canónigos y gatos. El palacio —así lo llamaba mi abuela, que no dejó de ponderárnoslo durante el rato que duró el viaje de Sóller a Palma, que hicimos en tren— no me gustó, me pareció enorme y triste. La señora, bajita y rechoncha, que yo había imaginado muy elegante, alta y bien vestida, parecida a mi madre, aunque, por supuesto, mayor, iba despeinada y llevaba un traje raidísimo, con lamparones y zurcidos en los codos. Ella misma nos abrió la puerta con una bayeta en una mano y una lata de petróleo en la otra. Éramos de confianza, nos dijo, y por eso nos esperaba limpiando una arquilla barroca que enseguida nos enseñó como la pieza más antigua y valiosa de la casa, asegurándonos que pertenecía a la época de don Jaime el Conquistador, de quien había sido un regalo, por las muchas cabezas moras que cortaron sus antepasados. No en vano ella pertenecía *a ses set cases.*[*] Y pese a que su sobrino le insinuó que el Barroco era algo posterior al siglo XIII, y lo más antiguo de la casa, unas cabezas de toros —toros de Costitx de la Edad del Bronce que también nos hizo admirar—, ella estaba segura de que la época de la Conquista era mucho más remota que la edad a la que se refería su sobrino, que no entendía de verdaderas antigüedades.

Recuerdo con qué ataque de risa se lo contó mi madre a mi padre aquella misma noche y recuerdo también que tuvimos que cruzar tres o cuatro salones antes de sentarnos en unas pegajosas butacas de plástico de color azul eléctrico que, según mamá, perturbaban la vista por lo feas, y que contrastaban con el conjunto de muebles Imperio de la sala de estar, a la que yo habría de volver muchas otras veces a lo largo de mi adolescencia. Las butacas estaban colocadas junto a un balcón que daba a un gran jardín, por donde se paseaba una pareja de pavos reales, y junto al balcón nos esperaba el sobrino de la señora, don Miguel. Iba vestido de aviador y saludó a mi madre con un reverencial besamanos y luego me acarició la cara. Más que una persona me pareció un retrato que de pronto hubiera salido de uno de aquellos grandes cuadros, quizá por su uniforme impoluto y los gestos casi mecánicos con que se movía. Le encontré simpático, porque dijo, mirando a mi madre de arriba abajo, que tenía una hija muy guapa y luego inició con ella una conversación sobre las bases de los americanos en el Puig Major, limítro-

---

[*] Se refiere a los siete linajes más antiguos y nobles de Mallorca.

fes con unas tierras de su tía que estaban en venta. Quizá a mi padre le interesara comprarlas. Don Miguel le dio a mi madre unas fotos y unos planos para que se los enseñara a su marido y nos aseguró que, más pronto que tarde, los terrenos subirían de precio, ya que los americanos necesitaban ampliar las instalaciones de los cuarteles. «Es una lástima que la tía María Antonia necesite dinero y no pueda esperar.»

El sobrino de la señora se marchó al poco rato, o mejor, fue expulsado por su tía, con la excusa de que era de mal gusto hablar de dinero delante de señoras. Supongo que lo que sucedía era que la presencia de don Miguel le impedía llevar la voz cantante y poder hablar de lo único que verdaderamente le interesaba: su genealogía. En cuanto nos quedamos solas, inició un larguísimo monólogo sobre sus antepasados, remitiéndose al origen de sus apellidos, los más esclarecidos, puntualizó, de la isla. Después sometió a mi madre a un largo interrogatorio sobre su ascendencia familiar. Mi madre sólo pudo remontarse a los abuelos: a la abuela Antonieta, que regentaba un puesto en el mercado de Santa Catalina, el abuelo *Pepet*, mozo de una fonda hasta que emigró a Cuba y, por el lado de su padre, el abuelo *Pere*, linotipista de *La Campana de Gràcia*, y la abuela Rosa, que procedía de un predio de Montgat, pero desmenuzó con orgullo los méritos de sus padres, Pere Balaguer, abogado prestigioso y diputado por Esquerra Republicana, y Clara Picornell, que ejerció de maestra y formó parte del comité que sacó adelante los planes de la Mancomunidad, para contribuir a la educación de las mujeres catalanas. Supongo que mi madre lo hizo a propósito, a sabiendas de que tanto su suegra como la señora se sentirían incómodas ante aquel alud de detalles modernos que nada tenían que ver con sus mundos rancios, aunque fueran también mundos tan distintos. Ahora pienso que mi madre debía de estar muy segura de la discreción de doña María Antonia, porque en 1956 presumir de ser hija de un diputado de la Generalitat republicana podía tener todavía consecuencias muy negativas. Doña María Antonia bostezó de manera ostensible antes de cortar a mi madre:

—Eres muy guapa. No sé si eso se lo debes a la maestra o al republicano, de cuál de los dos lo has heredado —y, con un subrayado que ni a mí me pasó desapercibido, añadió—: No entiendo cómo hay alguien que no sea monárquico, con lo fácil que es y lo poco que cuesta. Porque, vamos a ver, ¿cuesta algo ser partidario de Don Juan? ¿Pide el pobre alguna cosa?

La abuela, que no tenía un pelo de tonta, se dio cuenta enseguida de que aquella visita podía acabar muy mal, puesto que mi madre no parecía dispuesta a seguir escuchando más insolencias tontas, y le pidió a la señora que nos enseñara su alcoba. Quería que comprobáramos que estaba en lo cierto cuando aseguraba que era preciosa.

—Ya lo creo que lo es. El rey don Alfonso XIII durmió en ella en época de mi padre, comodísimo, de un tirón, sin roncar siquiera. Le encantó. A la mañana siguiente se lo contó a todo el mundo...

Doña María Antonia tomó a la abuela del brazo.

—Ay, Lluqueta —le dijo—, lo que nos queremos tú y yo. Y ya ves, ni hemos nacido en el mismo lugar ni llevamos la misma sangre. Ni siquiera el polvo de la misma era...

—Bien puede decirlo vuesa merced —contestó la abuela satisfecha.

En el cuarto de la señora, forrado de damasco rojo, había una cama salomónica con paramentos también rojos, altísima a consecuencia de los tres o cuatro colchones amontonados sobre el somier, de manera que para acostarse tenía que trepar hasta aquel montículo, ayudada por un taburete, asimismo tapizado de rojo.

—¿Os gusta mi cama? —nos preguntó—. Es muy favorecedora. Ahora vais a verlo.

Y se quitó los zapatos, se subió al taburete, abrió la cama y luego, dándose impulso, saltó y se metió dentro. Medio incorporada sobre las almohadas, alisando el embozo con la mano, sentenció:

—Como podéis comprobar, éste es el sitio que me sienta mejor. Aquí quedo estupendamente.

Yo la miraba perpleja. Mi madre, dándose definitiva cuenta de que estaba como un rebaño de cabras, bajó la guardia en aquel preciso momento para decirle:

—Ya lo creo, le sienta de maravilla, señora.

Doña María Antonia se lo agradeció con un movimiento de cabeza.

—Desde aquí puedo ver la capilla —continuó—. Cada noche me duermo rezando. Si me llegara la muerte mientras duermo me iría directamente al cielo. No todo el mundo puede decir lo mismo. Lluca, haz el favor de enseñársela. Supongo que le habrás dicho a tu nuera que tenemos capilla...

La abuela fue hacia una puerta empotrada en la pared situada frente a la cama y la abrió. Vimos una especie de tribuna o pequeño coro, con dos reclinatorios, también forrados de damasco rojo, que daba a la capilla, cuyo acceso —luego entré por allí muchas veces— era por el piso de abajo.

—Precioso. Tiene mucha suerte, señora —dijo mi madre.

—Suerte, no —refunfuñó ella, con un tono severo, molesta—. Suerte, ninguna. ¡Qué dices, suerte! Lo tengo por herencia. No me ha tocado nada en la lotería a mí, puedes estar segura, hijita... Lo he heredado todo.

Mi madre se rió. Por la noche cuando se lo contó a mi padre le preguntó si todos los señores de Mallorca eran como doña María Antonia. Él le contestó que la señora era un ejemplar único. Aquejada por la monomanía de grandezas, un rasgo, por otro lado, bastante común en la isla, había fabulado la historia familiar. Su fortuna procedía de un abuelo indiano y su nobleza, comprada, tenía poco más de medio siglo pero para validarla trataba de marcar distancias con la gente que no pertenecía a su clase, especialmente con quienes le parecían advenedizos, como mi madre. Pero, pese a todo, era una excelente persona. Cuando operaron a la abuela se empeñó en quedarse en la clínica haciendo turnos con mi tía, y durante la convalecencia no le permitió regresar a Sóller. La instaló con ella y la cuidó personalmente. Fue por aquellos días cuando me hice asidua de la casa y tuve tiempo de contemplar despacio el abigarramiento de los salones, entre cuyos espejos y cornucopias, retratos de hipotéticos antepasados, altas vigas de madera del norte, frescos enmohecidos, estucos arrumbados, cortinajes ajadísimos, arquillas napolitanas, tresillos isabelinos, canapés Imperio, tremendas butacas de skai y bombonas de butano, el tiempo danzaba sus valses de derrota. Aquí y allá había paños de paredes vacías en las que se podían reconocer las marcas de cuadros, trozos de alfombras cuya coloración más intensa denunciaba la falta de algún mueble que durante años había permanecido sobre su superficie, techos manchados por la humedad, adamascados que se caían. Todas esas muestras de deterioro tenían que ver con la ruina cada vez mayor de la señora, que, desde hacía años, había ido vendiendo cuadros, muebles, plata, joyas y hasta los famosos toros de Costitx. Mi padre solía ser su principal comprador y adquiría aquellos tesoros por lotes.

Me entretenía pensando en doña María Antonia para evitar en lo posible la emoción del regreso, riéndome para mis adentros de las excentricidades de la señora. Habían pasado muchos años desde la última vez que estuve allí, no obstante, al dejar la carretera general que va a Lluch, podía identificar con los ojos cerrados cada recodo, sabía de memoria en qué lugar exacto empiezan los bancales, en qué momento el camino se cruza con el torrente, dónde crece el único pino piñonero o se encuentra el muro de cada cerca. Todo estaba igual que cuando yo era pequeña y todo también me abocaba a la convicción de que la naturaleza es mucho más poderosa que los hombres, a los que debe de contemplar con la indiferencia que a menudo atribuimos a los dioses. Nada había cambiado en aquellos años, excepto los ojos con que yo lo miraba todo de nuevo.

Detrás de la última curva apareció la casa y el rumor del trajín de gente. Mi cuñada me había advertido que estaba haciendo obras, mejoras para ampliar las habitaciones. Un muchacho subsahariano, de idéntico color que el ébano, alto, fuerte y guapísimo, me indicó dónde podía aparcar para no estorbar a los albañiles que descargaban material de dos camionetas. Diana no estaba. Se había ido a Campos, donde tenía una entrevista inaplazable con la propietaria de Son Bernadinet, el hotel rural más premiado de Mallorca, y se disculpaba por labios de una muchacha rubia, de ojos clarísimos y acento extranjero, polaca o quizá rusa, a la que había dejado las llaves del desván. Respiré aliviada. Prefería enfrentarme sola a cajas y baúles que tener que hacerlo acompañada de mi cuñada, que me había esperado en vano durante dos horas. Me había retrasado sin querer porque el despertador no sonó a su hora. Acababan de dar las once y yo había quedado con Diana a las nueve. La muchacha me invitó a pasar al comedor, donde estaba preparado un desayuno con productos de la tierra de lo más apetecible. Todo un detalle. Pero yo no tenía hambre, sino prisa. Prisa por subir al desván que ocupaba gran parte del último piso. Durante una época fue una especie de buhardilla donde se guardaban las conservas, se ponían a secar los higos, se colgaban las sobrasadas y se acumulaban los sacos de harina. Como si se tratara de una prolongación de la despensa, allí iban a parar los tomates en rama, las ristras de ajos, los melones para el invierno y la carne en salmuera. Ahora sólo servía de almacén de trastos viejos. Me costó mucho abrir la puerta. La madera se había dilatado a consecuencia de la lluvia y los candados estaban totalmente enmohecidos. Parecían absurdas tantas precauciones para tratar de preservar todos aquellos cachivaches como si fueran tesoros. Para mí lo eran. En aquella planta de más de trescientos metros, se alineaban contra las paredes somieres de hierro con los muelles salidos, tablas astilladas, cabezales de cama, patas, marcos; se amontonaban colchones de vientres acuchillados por donde salían las tripudas lanas. A un lado, mesas cojas, sillas sin asiento, mecedoras agujereadas, sofás despanzurrados. A otro, en mejor postura, se superponían baúles y cajas. Tuve que adentrarme en aquella leonera, protegida por un saco abierto por un lado que me había puesto a modo de capucha y que mi cuñada había tenido la buena idea de dejarme preparado. A medida que cedían las telarañas que yo sacudía con una escoba, descubría nuevos objetos: cajones llenos de cubiertos, candiles, bombillas fundidas —¡Dios mío! ¿Para qué las guardaban?—, maceteros, ollas, tiestos, cajas de sombreros, de mantones, cubos... La atmósfera caliente, penetrada por el sol que se filtraba por las rendijas de las ventanas, estaba llena de un polvo que la hacía irrespirable. De vez en cuando, necesitaba salir en busca de aire limpio. Arañas, polillas y carcomas habían tomado posesión de aquel mundo devastado sin que nadie las molestara. Contemplaba el aspecto del triste depósito de ruinas sin saber por dónde empezar. A mi derecha, al alcance de mi mano, acababa de descubrir mi cocinita de juguete cubierta de moho, pero intacta. Detrás, amontonados y atados con cuerdas, aparecieron mis juguetes. Vencí la tentación de sacarlos, de quitarles el polvo y hasta de acariciarlos sobreponiéndome a la melancolía en que me sumían aquellos objetos. «¡Ojalá no existieran! —me decía—. ¡Ojalá la abuela se los hubiera regalado al primer niño que pasara!». No quería verlos, pero a la vez me imantaban los ojos, me ofrecían fragmentos olvidados de mí misma en un espejo remoto. Notaba un nudo en la garganta y unas ganas inmensas de llorar. Pero entonces sucedió un pequeño milagro, de entre los juguetes surgió un rumor leve, casi apagado y un ratón diminuto me miró con un cierto descaro antes de escabullirse rápidamente. Los juguetes habían encontrado dueño. Ya no eran míos, sino suyos. Le pertenecían por derecho de conquista. No toqué nada, lo dejé todo tal cual decidida a renunciar a la esterilidad del fracaso de aquel *ubi sunt*.

Al fondo, a la derecha, estaban los baúles. Era allí adonde debía dirigir mis pasos, no hacia ningún otro lugar. Escogí uno, al azar. Había ropa, ropa de mi madre, trajes de fiesta: vestidos largos, abrigos de piel, estolas de visón podridas, bolsos de ceremonia y, al fondo, el chaqué de mi padre y su uniforme de falangista. Pero nada de lo que yo buscaba, ni siquiera el abrigo azul, aunque fuera sin ninguna nota en el bolsillo. Había tres baúles más y un montón de cajas y tenía tiempo —me lo había tomado—, todo el tiempo del mundo a mi disposición. Los fui abriendo. En uno encontré sábanas, edredones, cortinas, reconocí las verdes de terciopelo del salón de casa. Probablemente la segunda mujer de mi padre decidió mandar todo el ajuar del piso de Layetana a Fornalutx y no aprovechar nada para vestir el de Vía Augusta, algo comprensible, en cierto modo, habiéndose casado con un viudo, ya que quizá temiera que conservar los objetos de Cecilia fuera de mal augurio para su futura relación. En otro, había prendas infantiles que probablemente me habían pertenecido. Dominaba el rosa y por eso deduje que no eran de mi hermano Llorenç. Estaban perfectamente dobladas, envueltas en papel de seda con sumo cuidado, como si quien las dispuso con tanto esmero pensara dejarlas a punto de ser utilizadas en breve. Quizá mamá deseaba tener más hijos y, después de mi nacimiento, las guardó pensando en ellos. Pero no vinieron. Cuando yo de pequeña le pedía un hermanito se limitaba a sonreír. Si me ponía muy pesada, añadía: «Veremos, se lo encargaremos a la cigüeña». Hubiera podido contestar, con un punto de ironía sarcástica, que iría a buscarlo a París, como se decía entonces. Tal vez lo preservó todo pensando no en sus futuros hijos —¿hijos de quién, de qué padre, quién hubiera sido el elegido?—, sino en los nietos que nunca habría de tener, que tampoco tendré yo.

En un último baúl, encontré libros, amontonados en pilas, colocados por tamaños para que cupieran mejor. Debían de proceder de París porque dominaban los autores franceses con la excepción de unos pocos catalanes: Mossèn Cinto, Maragall, Guerau de Liost, en ediciones de antes de la guerra. Imagino que mi madre los habría comprado en Barcelona a algún librero de viejo para llevárselos a París y regalárselos al abuelo, en la época en que todavía podía entretenerse con sus poetas predilectos. Los textos franceses eran muy variados: había autores clásicos —Montaigne, en una bellísima edición de cantos dorados—, Pascal, Molière, Racine, Madame de Stäel, novelas del siglo XIX: Stendhal, Zola, Flaubert, aparte de Gide, Maurois, Camus... Pero Camus se llevaba la palma. Conté doce ejemplares. Parecían muy usados, quizá habían sido comprados de segunda mano. Abrí uno, al azar. Era *L'Étranger*. En la primera página se leía, sin firma, una dedicatoria: «*A la meva petita Cecília*». Hojeé los demás. No estaban dedicados ni llevaban ningún nombre. No me pareció que fueran de mi madre porque ella solía estampar en la primera página el ex libris que un amigo grabador le había regalado: una mujer de larga cabellera y aire decadente, quizá inspirado en alguna pintura modernista, leía junto a una ventana. De un modo semejante fue fotografiada Cecilia.

En las páginas interiores había párrafos marcados con lápiz y frases subrayadas. Rosa Montalbán me había advertido de la afición de mi madre a la literatura francesa, pero yo no la recuerdo especialmente lectora. Quizá en París sí leía y aquellos libros le ayudaban a llenar las horas pasadas en compañía del abuelo. Quizá se trataba de libros de él. Tal vez sólo *L'Étranger* pertenecía a mi madre y había sido su padre quien se lo había regalado y dedicado. Él la llamaba, según cuenta en la primera carta, «mi pequeña Cecilia». No recordaba la letra del abuelo pero seguramente no me sería difícil dar con algún papel suyo. Seguí mirando. Al abrir *La peste* me di cuenta de que sus páginas habían servido de urna para una rosa. Secos los pétalos, se deshacían entre mis dedos en un polvillo desolado. No imaginaba al abuelo guardando flores dentro de los libros. A mi madre, sí. Le encantaban las flores. Siempre las había en casa. Separé *L'Étranger*, *Le Mythe de Sisyphe* y *La peste* para llevármelos. Apenas había leído a Camus, aquélla era una buena ocasión para hacerlo.

Había registrado todos los baúles, pero me quedaba un montón de cajas. La mayoría provenía, en efecto, de París puesto que llevaba estampado el sello de la aduana. Parecía que me aguardaran desde hacía cuarenta años porque nadie las había abierto. Estaban sucias de polvo, manchadas de detritus de pájaros, pajas y plumas de viejos nidos. Las fui limpiando como pude y a medida que les quitaba la porquería, las sacaba a la azotea, adonde daba el desván. Las tres primeras estaban llenas de carpetas. Decidí cargar con ellas hasta el hotel. Tuve que hacer varios viajes al coche porque pesaban. Mi cuñada aún no había regresado. Le escribí una nota para darle las gracias y decirle que le devolvería al día siguiente los papeles que le tomaba prestados.

Camino del hotel, un sol amansado pasaba su lengua amorosa sobre los campos. Al despedirse, endulzaba los verdes radiantes del valle, apagando lentamente su vigor. Cuando llegué, salí al balcón de mi cuarto para descansar la vista en el paisaje. Una brisa suave me acercaba el humo lejano y el olor de maleza que algún campesino se entretenía en quemar, en una estampa que parecía hecha de encargo por lo bucólica. A pesar de que me sentía sucia, impregnada de polvo y tenía unas ganas enormes de ducharme, me quedé fuera hasta que llegó la oscuridad. Después, ya descansada, empecé a abrir las carpetas que había ido amontonando en el suelo. No había comido pero, igual que por la mañana, no tenía hambre sino prisa. Una prisa enorme por encontrar lo que buscaba. Ahora, con la intuición de que estaba allí, entre aquellos papeles, me senté en la cama y empecé a examinarlos. Pasé no menos de tres horas inmersa en los cartapacios, tratando de no desordenarlos en atención a quien, tiempo atrás, se había tomado la molestia de clasificarlos con tanta minuciosidad. Con lo primero que di fue con la descripción precisa de los gastos ocasionados por el abuelo, de los que se guardaban todas las facturas en diferentes sobres. Facturas de médicos y de medicinas, recibos de la luz, del gas, del agua, del alquiler del piso desde que Pere Balaguer comenzó a ocuparlo hasta su muerte, en 1960. Las cuentas del mercado, del horno, de la tintorería o del droguero, con las que se podía seguir, paso a paso, la evolución de la economía doméstica durante una década.

También encontré albaranes o, mejor dicho, copias de albaranes a nombre de Gérard Mitterrand, donde figuraban las descripciones de las piezas que mi madre le entregaba para que él las vendiera, con el precio que se pedía por cada una de ellas. Algunas, debido a su procedencia religiosa, me llamaron mucho la atención: tres tallas románicas, un cáliz barroco, una cruz de plata del siglo XV, dos relicarios. Por más que en aquella época de penurias hubiera curas rurales que fueran capaces de vender lo que no era suyo, no dejaban de ser objetos preservados, patrimonio nacional no exportable, como también lo era una serie de grabados de Goya, cuadros de pequeño formato de Casas, Mir y Modest Urgell u objetos procedentes de excavaciones prohibidas, como las famosas cabezas de toro de Costitx de doña María Antonia.

Me preguntaba cómo mi madre podía haber llegado a meter en sus maletas tantas piezas por más viajes que hiciera y hasta qué punto debía de sobornar a los aduaneros ya que, según tengo entendido, estaba prohibido que las antigüedades salieran del país sin permiso, y el hecho constituía un delito. Quizá las buenas relaciones de mi padre le ayudaban para pasar la frontera, aunque, que yo supiera, no tenía ningún visado especial ni mucho menos pasaporte diplomático. Quizá se trataba, como recordó la enfermera que decía Mitterrand, de falsificaciones, aunque para el caso diera igual. No creo que los encargados de revisar equipajes entendieran de cuestiones de arte, y por tanto le hubieran puesto los mismos inconvenientes, a no ser que llevara documentos que le permitieran probar que se trataba de imitaciones o que, si eran auténticos, contaba con los permisos de exportación pertinentes.

Los albaranes en los que aparecía el nombre de Mitterrand llevan fechas que van de los años 1952 a 1955. Luego, entre 1956 y 1958 hay otros donde consta el nombre de Rifaterre, pero son muchos menos. Quizá esas ganancias servían para pagar los gastos del abuelo en París. Quizá mi padre decidió que su mujer se pusiera al frente del negocio de antigüedades y, aunque cerró la tienda, mantuvo probablemente los proveedores, personas encargadas de buscarle lotes a buen precio, lo que no debía de resultar difícil en los tiempos de miseria que corrían entonces. Me acuerdo vagamente de algunos de los que aparecían por casa, de aspecto triste, aire macilento y labios anexionados a una sempiterna colilla...

Debo confesarle que la posibilidad de que mi madre se dedicara al contrabando artístico me decepcionó mucho. Por eso me urgía encontrar una causa que pudiera explicarme su conducta. Me sentí bastante consolada cuando encontré igualmente anotadas las cantidades que Cecilia Balaguer entregaba a los republicanos exiliados. En el libro de cuentas, donde mi madre apuntaba las entradas y salidas monetarias durante sus estancias en París, aparecen también las partidas transferidas a Vergés, sumas que no bajaban de setecientos francos, que para entonces eran altas. Si el tráfico de antigüedades tenía esa finalidad, lo daba por bien empleado. Lo que no me quedaba nada claro era si mi madre actuaba con consentimiento de su marido, ni cuál era el papel de él. ¿También le engañaba en eso? ¿O le había convencido para que ayudara a los suyos? No me parecía posible, la verdad, aunque me gustara pensarlo... Si era así, si él también contribuía a la resistencia con dinero, quería decir que no estaba de acuerdo con el Régimen, que desde dentro intentaba socavarlo, que era un infiltrado...

De repente noté el estómago vacío. Decidí parar y bajar a tomar algo. Por fortuna, en Fornalutx persisten las costumbres nacionales y pude cenar en Es Turó. Lo hice acompañada de mis obsesiones de siempre de las que surgía, no obstante, una Cecilia Balaguer que me parecía distinta, como si los albaranes y partidas confirmaran irónicamente su nuevo papel de luchadora, gracias al cual quedaban justificadas falsificaciones, estafas y contrabandos. Un papel de resistente antifascista que elevaba su figura a una categoría casi heroica. Me parecía que por primera vez contaba con datos objetivos que me permitían creer que su amante y, en consecuencia, mi padre, debía de ser un combatiente, un maquis, y que esa condición le impedía hacerse cargo de nosotras, de mi madre y de mí, e incluso conocerme. Recordé que los revolucionarios de mi juventud, los mitos de mi adolescencia, como el Che Guevara, no tenían tiempo para pensar en sus hijos, obligados como estaban a pensar en los hijos de todos. Y por si eso no bastara, me vino a la memoria *El embrujo de Shanghai,* una novela de Marsé, en cuyo argumento por unos instantes parecía enredarse mi vida, aunque nada tuviera que ver conmigo. Pensé en que mi supuesto padre republicano estaba en las antípodas de mi otro supuesto padre falangista. Quizá mi etapa de militante de izquierdas no había sido fruto de la influencia de Guillem sino herencia de aquel desconocido.

Volví rápidamente al hotel para seguir indagando. En algún lugar estaba la pista definitiva que me llevaría hasta su nombre. Tal vez se encontraba entre las personalidades a quienes en 1957 se otorgó la Legión de Honor. Me basaba en la alusión al reconocimiento del que habla la carta de noviembre de ese año. Esa referencia avalaba su importancia y era mi pista principal. Me puse a buscar en Internet por si aparecían los premiados, o mejor, nominados, con la Legión de Honor en 1957. No encontré nada. Aunque era casi la una, llamé a una amiga que dirige la *médiathèque* del Instituto Francés de Barcelona, noctámbula como yo, para pedirle que me buscara el dato.

A partir de aquella noche la posibilidad de que mi padre fuera un republicano español o un resistente francés, luchador antifascista contra Franco, fue convirtiéndose en una certeza casi absoluta. Tenía la convicción de que era hija de alguien para quien los ideales políticos estaban por encima de su vida privada, su compromiso con la causa de la humanidad entera, por encima del amor que pudiera sentir por Cecilia. Junto a él, mi madre no era sólo una mujer enamorada, había superado su condición de amante, era también una luchadora, una militante de la libertad. Pero en el puzzle que ahora reconstruía, probablemente con materiales de desecho de mi paso por mayo del 68, una pieza fundamental no encajaba: su suicidio. Dormí muy poco aquella noche. Excitada y cansadísima, el sueño no me era propicio. El hombrecillo del saco, que pasaba de puntillas sobre los párpados soltando puñados de finísima arena para impedir que abriera los ojos, según me contaba la abuela, no acudía a mi llamada, como cuando era pequeña, a pesar de haber vuelto a su reino.

Eran las siete de la mañana y de nuevo me puse a revolver papeles sin descubrir nada de interés, excepto unas notas manuscritas de mi abuelo. El hallazgo me permitía comparar si era suya la letra de la dedicatoria de *L'Étranger,* además de hacer verosímil la excusa que le había puesto a mi cuñada. Pero no pertenecía a mi abuelo: la caligrafía, grande, de trazos anchos, no tenía nada que ver con la suya. El manuscrito de Pere Balaguer me impresionó. Trataba de la experiencia del exilio. No había, sin embargo, ningún comentario sobre los campos de concentración ni mencionaba su detención por la Gestapo, ni siquiera la pérdida de su hija mayor. Estaba fechado en 1947 en el hospital de París donde tuvieron que internarlo a consecuencia de la tuberculosis. Las únicas referencias personales aludían al reencuentro con mi madre y su gratitud para con sus vecinos los Durand, recientemente fallecidos, que tan bien se habían portado con ellos ya que, no sólo cobijaron a Cecilia durante la invasión, sino que, al terminar la guerra, les acogieron a ambos. El abuelo siguió conviviendo con ellos después de que mi madre regresara a España, en 1946. «Los Durand redimen a toda Francia de los malos tratos de Argelès, de todas las ofensas de los repulsivos Maurras de *Action Française,* de la ignominia de sus insultos —los *rocaille rouge*[*]—, de los deseos de los fascistas de *Je suis partout* que querían vernos hundidos en el mar.»

Las notas iban precedidas de una cita: «*Sempre fou un alt afany / lloc difícil una Pàtria*»,[**] y se centraban en el sentimiento terrible de derrota aunque sin utilizar otras referencias personales que las ya citadas. Pere Balaguer, coincidiendo con un famoso texto de Gaziel que yo había leído no hacía demasiado y que me había impresionado mucho, escribía que «Cataluña ya no tenía alma, había perdido el autogobierno, las instituciones, la len-

[*] Escoria roja.
[**] «Siempre fue un alto afán / lugar difícil una Patria.»

gua propia, en consecuencia toda su identidad había sido usurpada. Era un cuerpo troceado que los verdugos habían colgado en un cruce de caminos y ofrecido a las aves carroñeras como venganza y ejemplo».

Volví a la finca cuatro veces más para seguir trasladando cajas que luego abría en mi habitación y devolver las que ya había inspeccionado. Mi cuñada se empeñaba en ayudarme en los acarreos y se desvivía por facilitarme las cosas. La verdad es que Diana se portó conmigo extraordinariamente bien, quizá porque en el fondo suponía que era yo quien estaba en mi terreno y no ella. Por mucho que la casa fuera suya, en el fondo seguía perteneciéndome, como mis manos o mis rodillas. Una noche la invité a cenar a Béns d'Avall, un restaurante situado en una urbanización inacabada y desconcertante, no lejos de Deià, pero en uno de los lugares más bellos que jamás he visto. La cocina era exquisita aunque el servicio y el trato dejaban bastante que desear, pero eso no impidió nuestras confidencias, o al menos las que iba a hacerle yo. La espera eterna entre plato y plato daba para mucho. Le conté la verdad. No buscaba datos sobre mi abuelo sino sobre mi madre porque tenía la sospecha de ser hija ilegítima.

—Ante la duda, abstente —me dijo—. No me seas abuela de mayo contigo misma. Querías mucho a tu papá y él a ti. Me consta. Eras su ojito derecho. ¡Buenos celos tenía la tarada de mi suegra, que en paz descanse! O mejor dicho, que no descanse en paz. Se portó muy mal conmigo. Yo de vos no seguiría buscando. Te lastima. Y además, ¿qué va a cambiar? Tu papá, quieras o no, seguirá siendo quien te hizo de papá.

Diana es una argentina atípica, de las pocas que defienden la necesidad de olvidar. Olvidar como terapia, como pauta para poder seguir adelante, a veces como única posibilidad para continuar viviendo. Le discutí su punto de vista.

—Para mí la memoria es imprescindible. Sin memoria estamos muertos. La memoria es el alma de las personas y quizá por eso yo ando buscando la mitad de mi alma...

—Voy a contarte algo —añadió como único comentario a mis palabras, poniéndose terriblemente seria—. Nunca hablo de ello porque me resulta muy doloroso. Pero quizá después de lo que voy a decirte podás entender por qué defiendo la necesidad de olvidar. Olvidar para poder sobrevivir... Una noche la policía asaltó nuestro departamento de Buenos Aires, un quinto, en el centro, cerca de la Casa Rosada. Torturaron a mis padres delante de nosotros (éramos tres hermanos, yo, la mayor, tenía diez años; Lina, siete y Ernesto, tres), cuando estaban ya medio muertos los tiraron escaleras abajo. Durante mucho tiempo esas imágenes me obsesionaron día y noche. Luego, traté de evitarlas, de borrarlas porque, de lo contrario, no me hubiera sido posible seguir adelante. No quise asistir al juicio en el que se condenaba a los asesinos, incapaz de enfrentarme otra vez a los rostros que con tanto esfuerzo había tratado de evitar, mientras luchaba por recuperar los de mis padres, justo antes de ver cómo eran golpeados, pateados, arrastrados por los cabellos y finalmente tirados como sacos, como peleles, escaleras abajo... La imagen de sus caras serenas, de su sonrisa horas antes del horror, cuando entraron para darme las buenas noches... Yo leía *Alicia en el país de las maravillas* en la cama y papá haciendo el payaso imitaba al conejo «tengo prisa, tengo mucha prisa» y mamá se reía mientras me comía a besos... Ésas son las imágenes que quiero preservar...

Diana hizo un esfuerzo por tragarse las lágrimas. Luego bebió un sorbo de agua y me sonrió.

—No lo sabía. No tenía ni idea. Siento que por mi culpa hayas tenido que revivirlo...

—No te preocupés. No importa. Te lo he contado porque creo que puede serte útil. Procuro no hablar de ello por el daño que me causa..., sólo lo cuento cuando pienso que de esa experiencia mía tan terrible alguien puede sacar algún provecho... Bastante nos golpea la vida para no tratar de evitar... Hay recuerdos que no...

Su voz era casi un susurro, estaba de nuevo al borde de las lágrimas. Apreté sin saber qué decir su mano. Ella se repuso enseguida y continuó serena sin terminar la frase anterior:

—¿Has leído *El inmoralista* de Gide?

Negué con la cabeza.

—Pues allí hay una frase que he hecho mía. ¡Ojalá la pudiéramos compartir! *«C'est du parfait oubli d'hier que je crée la nouvelleté de chaque heure.»* [*]

—Estoy dispuesta a aceptar tu propuesta en cuanto sepa qué pasó ayer, pero no puedo olvidar lo que desconozco. Cuando lo descubra, si me resulta doloroso, te prometo que lo intentaré. Pero de momento, debo seguir buscando. No puedo hacer otra cosa. Necesito saber de quién soy hija.

—La argentina parecés vos. Yo, en cambio, me estoy mallorquinizando. Todo me da pereza. Si no fuera por las obras, si no fuera porque ya no puedo volverme atrás, abandonaría el proyecto del hotel. ¡Ojalá pudiera quedarme quieta mirando y dejar siempre para mañana lo que se puede hacer hoy!

---

[*] «Del absoluto olvido del ayer, creo la novedad de cada hora.»

Pedí champán y brindamos por nosotras, por la amistad descubierta.

—Mejor ser amigas que cuñadastras o tal vez ni siquiera serlo —decía ella riendo.

Volvimos a Fornalutx cantando tangos y milongas. Apurado el repertorio, Diana, que tiene muy buena voz, se arrancó con un bolero de Machín: «Madrecita del alma querida»..., pero sólo el comienzo.

—Perdoná —me dijo de pronto—, el bolero no es lo más apropiado... Antes te aconsejé que olvidaras, que no le veía demasiado sentido a continuar con las pesquisas, pero ahora rectifico. Quizá te convenga hacer las paces contigo misma, y eso supone hacerlas con tu mamá. Tener una madre adúltera es irrelevante. Todos somos o hemos sido adúlteros, ¿no creés?, pero las consecuencias del adulterio son ya otra cosa. Además, quizá va siendo hora de que las mujeres nos planteemos cómo hemos vivido la relación materna, tan complicada, de amor y de odio, una relación sobre la que existen muchos tabúes...

La argentinidad de mi cuñada afloraba de nuevo. Estaba claro: las copas la habían sacado a flote. Me dejó en el hotel pasadas las dos, pero no tenía sueño. Arremetí con la primera caja del montón. Ya sólo me quedaban cinco por abrir y todas estaban en mi cuarto. Encontré cartas, cartas conservadas en sus sobres dirigidas a mi madre: *Madame Cecilia Balaguer, 7, Rue Sarrette, 3ème étage, Paris, XIVème*, sin remite. Las abrí esperando dar, por fin, con el nombre de su amante. Pero no, no iban firmadas y no eran en absoluto cartas de amor. Todo lo contrario. Conté veintitrés. Todas tenían la particularidad de que comenzaban sin encabezamiento. Estaban escritas con diferentes máquinas y no llevaban fecha. Su tono era directo, conminatorio, expeditivo y neutro. En ninguna se le preguntaba por nada personal, ni siquiera por su salud, excepto en una, en que se la felicitaba por haber cumplido con gran acierto una misión. Ésa es la única en que aparece un nombre que después supe que no era falso: Pedro Polo Borreguero. En el resto se le encargaba que realizara una serie de tareas de investigación acerca de unas personas cuyos nombres o eran ficticios o estaban en clave. Nadie, entre 1953 y 1959, podía llamarse César Borgia ni María Antonieta, ni Nerón o *Fleur de Lys*. También se le informaba de los lugares adonde debía dirigirse y de cómo tenía que vestirse. El abrigo azul y el sombrero diminuto aparecen una sola vez, en la misma carta en que se le pide que se siente en el banco del Bois de Boulogne que queda a unos cien metros de la entrada principal, a la derecha, junto a un inmenso castaño, y espere allí. En una, se le mandaba que llevara una gabardina clara y en otra un abrigo negro y unas flores en la mano con las que tendría que ir a la plaza Vendôme y detenerse enfrente del escaparate de Cartier. En varias le requerían informes sobre aspectos concretos: saber si A, que bajaría de un tren procedente de Lyon en la Estación del Norte, se encontraría con B, que le estaría esperando. También se le conminaba a que detallara el comportamiento de César Borgia, María Antonieta y de V. —¿sería Vergés? ¿Para saber el buen fin de las partidas entregadas?— o que les siguiera y notificara los contactos de M. de Sade y *Fleur de Lys*. Las instrucciones estaban escritas en castellano y procedían, por los matasellos era fácil observarlo, de Madrid o Barcelona y sólo dos de París.

A mi entender aquellas cartas eran la prueba de que mi madre trabajaba para la oposición republicana. Pero ¿a quién obedecía?, ¿de quién recibía órdenes?, ¿del PC? Probablemente, pero me extrañaba la procedencia española de la mayoría de cartas dado que los dirigentes antifranquistas vivían en el extranjero. Por otra parte, me parecía muy arriesgado que guardara todos aquellos papeles archivados, por lejos que entonces quedara París de España. Me pregunto hasta qué punto el marido de Cecilia Balaguer, a pesar de ser del Régimen, no habría tenido que pagar muy cara una eventual confiscación de todo aquel material que el azar había convertido en más peligroso devolviéndolo a Mallorca en 1960.

En las otras cajas no había nada de interés excepto unas cuantas fotografías. Estaban hechas en Francia y en la mayoría se consignaba la fecha y el nombre de las personas que aparecen retratadas. Pude ver la cara de los vecinos de Nanterre, el señor y la señora Durand, caras afables de buenísimas personas. En dos, fechadas en 1943, en plena guerra, tienen a mi madre cogida por los hombros, con un gesto de cariño protector. Pero la que más me interesó fue otra en la que pude reconocer al abuelo y a sus dos hijas, junto a un grupo de exiliados, cuyos nombres constan en el reverso, igual que la fecha y el lugar, Isle-Adam, 1940. Se trata de Maria Bosch, Pau Romeva, Mercè Romeva y Jordi Riba. Por primera vez veía a mi tía Anna, bastante más alta y también mucho más guapa que mi madre. Y también por primera vez, entre las personas retratadas, encontraba gente conocida. Pau Romeva había sido diputado de la Generalitat republicana y Jordi Riba era hijo de Carles Riba. Jordi se casó años después con Mercè Romeva, que, a su vez, es la suegra de Carme Sanmartí, amiga mía desde hace tiempo, una casualidad que me facilitaría poder ponerme en contacto con la señora Romeva para preguntarle qué sabía ella de mi familia. Otras fotografías eran de paisajes, reconocí las del Puig Major, con las famosas bolas de los radares americanos.

Me guardé las cartas y las fotografías, le devolví lo demás a Diana el día que subí por última vez al desván. Fue entonces cuando pude comprobar que las leyes de Murphy, aunque no gozan de fama científica, son, a mi juicio, más exactas que las de Mendel. La única caja en la que no me había fijado, porque era de madera y estaba claveteada como si guardara vinos, me procuró una parte de lo que tan afanosamente buscaba. No todo, porque ni allí ni en ningún otro lugar apareció el nombre del amante de Cecilia, ni sus cartas de amor, ni siquiera las que su marido debía de escribirle cuando ella estaba en París. Pero lo que encontré era importante. En la caja había varios objetos que no procedían de París sino de Barcelona, probablemente mi padre los había guardado en otro lugar. Tal vez fue mi madrastra quien los metió allí para mandarlos a Fornalutx, sin que él lo supiera, porque me extraña que mi padre no me hubiera dado la alianza de brillantes de mi madre, que estaba en un pequeño joyero, junto a su reloj y un broche que solía llevar en la solapa del abrigo. En una caja de latón que contuvo caramelos de café con leche marca La viuda, alguien puso la pluma y el billetero de mi madre dentro del que aún había unos pocos francos y una fotografía mía. Junto a éste apareció el pasaporte español a nombre de Celia Ballester, nacida en Barcelona en 1926, hija de Luis y María, de profesión sus labores. En consecuencia, mi madre, al menos en aquel viaje, el último, utilizaba un nombre falso y constaba como hija de unos padres también falsos. El periódico tenía razón: el redactor no se había confundido. En la misma caja, doblada por la mitad, encontré la nota a la que había hecho referencia por primera vez la enfermera: «No hay más que un problema verdaderamente serio: el suicidio». Pero la letra no era de mi madre, en absoluto. Era una letra torpe y parecía escrita con precipitación y falta de costumbre. Además, la referencia al suicidio no justificaba el de Cecilia y quizá por eso mi padre nunca me habló de ello.

En la caja de madera había también un sobre grande con diferentes documentos. Por lo que pude deducir de su lectura, se trataba de los informes que mi padre había encargado a una agencia de detectives, no con motivo de la desaparición de Cecilia, sino mucho antes, porque los primeros llevaban fecha de 1952. El hecho de que mandara que la espiaran me llamó la atención. Tal vez estaba celoso, tal vez sospechaba que le engañaba y quería comprobarlo. Pero los informes no revelan nada sobre el particular; se limitan a dar referencias de las pesquisas hechas en torno a los círculos antifascistas del sur de Francia, con los que, según se anota, mi madre había entrado en contacto hacía tiempo, y a los datos de una serie de maquis. Pero, con excepción de esas precisiones y de que Cecilia utilizaba un pasaporte falso, no encontré ninguna otra aportación relevante. Los informes más modernos destacaban, eso sí, que, al inscribirse en el hotel de Portbou el 30 de diciembre de 1959, lo hizo con su nombre verdadero. También añadían que de allí había salido rumbo a París el primero de enero de 1960. No obstante, no señalaban de qué hotel se trataba. El rastro de mi madre se pierde el día 1 y nadie vuelve a saber de ella hasta el día 4, en que muere en Avignon. Según el último informe, Cecilia no se suicidó, fue víctima de un accidente. Quizá por eso no hay ningún comentario sobre la frase escrita en la nota encontrada, una frase que no es ni siquiera original. Pertenece con una variante a *Le Mythe de Sisyphe:* «No hay más que un problema filosóficamente serio: el suicidio», escribe Camus en la primera línea del libro.

Me quedé en Fornalutx dos semanas más, invitada por Diana. Dejé el hotel y pasé a ocupar mi antiguo cuarto, ahora remozado, con la incorporación de un lujoso baño. Desde el balcón, se seguía dominando la amplitud del valle. La homogeneidad de los verdes de la infancia había sido moteada a lo largo de mis años de ausencia por algunas construcciones, por fortuna, diluidas en la lejanía. Hacía un tiempo estupendo y los ratos que no pasaba leyendo los libros de Albert Camus, que había encontrado en el desván, me dedicaba a recorrer los lugares donde había vivido entre 1960 y 1965. Algunos, como la casa de la abuela, rodeada en invierno del oro maduro de los naranjos, habían sucumbido a las excavadoras municipales y, con el pretexto de ensanchar los accesos al pueblo, habían llenado las alforjas de cuatro o cinco sinvergüenzas. De otros, como del viejo edificio del Colegio del Sagrado Corazón de Son Espanyolet, inmenso, solemne, casi acorazado, en medio de un bosque de pinos, quedaban sólo algunos vestigios. Reconstruidos, funcionales, emergían sin gracia ni categoría, rodeados de bloques. Una antigua compañera de curso, María Bonet, con la que de tarde en tarde mantenía contacto, me dijo que las monjas lo habían vendido prácticamente todo a una constructora a comienzos de los setenta, cuando decidieron sacarse el carné de progres y dejar de educar señoritas para que hiciesen una buena boda, casándose con banqueros o notarios de categoría... En el fondo, una decisión de lo más acertada, porque ya en mi época casarse había dejado de estar de moda.

Lo único que se mantenía intacto, exactamente tal y como yo lo recordaba, era el viejo caserón de doña María Antonia, donde ahora vivía su sobrino. Según mi cuñada, una vieja sirvienta, por un mínimo de seis euros y un máximo de la voluntad, enseñaba el palacio a los turistas, a quienes atraía desde una ventana, ofreciéndoles la visita con aire misterioso, como si lo hiciera a escondidas de sus señores o de los espíritus que habitaban en el interior. Pero yo no quise presentarme por sorpresa. Telefoneé a don Miguel porque me hacía ilusión volver a verle. Era la única persona en Mallorca, la única que yo conocía, que todavía podía hablarme de mi madre. El sobrino de doña María Antonia me convidó a comer. A pesar de que se conservaba perfectamente lúcido, se había encogido, casi jibarizado y se le había puesto cara de bombilla invertida y fundida, por descontado. Sin embargo, al referirse a Cecilia, la cara se le iluminó, como si milagrosamente los filamentos incandescentes se hubiesen soldado de nuevo.

—Tu madre era una preciosidad —dijo—, no estábamos acostumbrados por aquí a mujeres tan guapas, tu padre tuvo mucha suerte al casarse con ella y mucha desgracia al perderla. Yo creo que los mejores negocios los hizo siguiendo sus consejos... Los terrenos del Puig Major duplicaron su precio en un año, gracias a los americanos, y los compró porque ella insistió, puedo asegurártelo. Tú eras muy pequeña y no te acuerdas, pero estabas delante la primera vez que hablamos...

—Me acuerdo perfectamente —le dije. Y, en efecto, lo recordaba como si no hubiera pasado ni un segundo.

La comida fue exquisita, preparada a base de antiguas recetas familiares, no sé si de la época de Jaime I, el Conquistador, como hubiera añadido doña María Antonia, o algo más modernas... Don Miguel se entretuvo en hablar de mi padre, de su paso por el frente de Manacor, donde habían coincidido. Ambos se habían afiliado a la Falange y se presentaron voluntarios... Mi padre contó con la ayuda de Bestard y su protección.

—Le cayó bien porque a tu padre le gustaban los muebles antiguos y trató de evitar que unos bestias destrozaran a hachazos una cómoda isabelina, para poder asar unas sobrasadas en el primer chalet en el que nos refugiamos a pasar la noche. Les paró los pies y para conseguirlo tuvo que liarse a puñetazos con un sinvergüenza que le plantó cara. Luego se arriesgó a salir para traer troncos de la leñera que estaba en el jardín. No era nada cobarde tu padre y por eso le hirieron dos días después. Los milicianos de Bayo nos atizaron de lo lindo, disparaban desde un pequeño montículo y nosotros, en mala posición, nos defendíamos como Dios nos daba a entender, camuflados entre los matorrales, mientras ellos jugaban a hacer puntería. «Adelante, valientes», trataba de arengarnos Bestard, bien pertrechado detrás de un peñasco... «La que silba no da», gritaba su segundo..., pero los rojos habían producido por lo menos una docena de bajas... Uno de los nuestros pedía auxilio desangrándose. Tu padre se jugó la vida para ponerle a salvo y, mientras lo arrastraba hacia donde estaba el médico, le dispararon en el glúteo... Tuvo mucha suerte, el Hospital Militar de Palma no era el Ritz, pero se estaba mejor que en primera línea...

Nada sabía de lo que me contaba don Miguel y me daba cuenta de que mi padre también me había mantenido al margen de muchas circunstancias de su vida, a pesar de que yo creyera lo contrario. Cuando yo era pequeña, en casa, nunca se hablaba de la guerra. Ahora pienso que tal vez mis padres llegaron a un pacto tácito: él no presumiría delante de mí de su paso heroico por el frente, a cambio de que ella no mencionara la terrible muerte de su hermana o el confinamiento del abuelo en el campo de concentración.

Tuve que conformarme con aquellas noticias que hacían exclusiva referencia a mi padre porque don Miguel no parecía tener ninguna información sustancial sobre mi madre, pero su opinión acerca de la influencia que ella ejercía sobre su marido corroboraba mis intuiciones. Le agradecí muchísimo que me hubiera invitado y, más aún, que se hubiera negado a vender la casona, que la mantuviera tal y como yo la conocía, sin restaurar siquiera.

Mi cuñada vino a buscarme, conocía a don Miguel, le había visitado con mi hermano alguna vez, pero no ha-

bía pasado del salón y tenía curiosidad por ver la casa. Yo
misma se la enseñé.

—Si fuese mía la convertiría en un hotel de lujo
—dijo Diana—, se podría sacar un gran partido.

—Si fuera mía la dejaría tal cual —le contesté—,
es el único lugar de mi infancia que se mantiene intacto,
que no ha cambiado en absoluto.

Diana me miró estupefacta:

—Pero ¡qué decís! Es una pura ruina, no quiero
ni imaginarme el frío que este pobre hombre debe de pasar sin calefacción, sin ninguna puerta que ajuste y esos
techos tan altos... Habría que restaurarlo todo, de arriba
abajo. Podría hacerle una proposición, no tiene descendientes...

Mi cuñada es una mujer de empuje. A pesar de que
la atmósfera de la isla la había aplatanado, según decía, la
creía capaz de convencer a don Miguel para emprender
juntos una aventura, no sentimental, naturalmente, sino
mercantil, a su entender, las excitantes de verdad. Le pedí
que no acabara de derrumbar la única ruina de mi mundo que aún permanecía medio en pie.

El optimismo de Diana, su capacidad de disfrutar
con cualquier cosa, y su obstinación en ser feliz me ayudaron muchísimo aquellos días. Estaba siempre dispuesta
a encontrar aspectos positivos, a recrearse con los detalles
más insignificantes. Todo la maravillaba: la perfecta for-
mación de unas hormigas en hilera, el torso musculoso del
senegalés que hacía de capataz, el diseño anatómico de unos
muebles de jardín que acababa de encargar, o el perfil pro-
digioso de las hojas del limonero, de las que con la mano
cogía olor. Además, trataba de hacerle la vida agradable a
la huerfanita, como me llamaba con humor, y, a partir de
las seis, cuando la legión de incordiantes obreros desapa-
recía, cumplía su propósito con unos excelentes dry mar-

tinis y los tangos más empedernidamente cabrones. Por la noche, después de la cena que preparaba la muchacha polaca, acabada la tertulia, me encerraba en mi cuarto para seguir devorando a Camus, pendiente de interpretar los subrayados por si podían ser de mi madre. Me dormía de madrugada, diciéndome que la clave de todo estaba allí, entre aquellas líneas y, con ellas en la cabeza, continuaba, mientras en coche recorría la sierra de Tramuntana o llegaba hasta la Calobra para maldecir la calamidad monumental del hormigón, la vergüenza de la catástrofe constructora provocada por un grupo de malnacidos, de sinvergüenzas especuladores, asesinos de paisajes, que han arruinado gran parte de la costa mallorquina. No podía dejar de pensar en mi madre, en sus últimos días, en cómo debieron de ser, dónde y con quién pudo estar. Pensaba también en mis primeros días en Sóller después de saber la noticia de su muerte, en la infinita tristeza y la sensación de frío —el frío como un machete abriéndome las carnes, penetrando en los huesos— y en mi inapetencia, que la abuela y la tía combatían con yemas de huevo batidas con vino dulce y azúcar. Recuerdo el atardecer en que me llevaron a Buñola para que pudiera hablar con mi madre, tal y como les había prometido la vidente que tenía poderes para entablar relación con los espíritus y era capaz de obrar aquel tipo de milagros.

Una tarde le dije a mi cuñada que me iba a Palma para comprar o pedir prestada en cualquier biblioteca, en caso de que no la encontrase, una biografía de Olivier Todd. Mi amiga del Instituto Francés, experta en Camus, acababa de llamarme y me la había recomendado como la mejor, más moderna que la de Lottman, que también era muy buena. Además, me había facilitado la lista de los condecorados con la Legión de Honor en 1957, en la que no figuraba ningún militante español, ni ningún resistente francés. Los maquis condecorados con la Legión de Honor, entre los que se encontraba Cristino García Grada, condenado a muerte por Franco en 1946, lo habían sido mucho antes, recién acabada la guerra europea.

Camino de Palma, en vez de evitar las curvas e ir por el túnel, escogí sin saber por qué el viejo camino, más lento y peligroso. Al pasar por delante del desvío que conduce a Buñola fui incapaz de resistirme a los reclamos que me llamaban a recuperar in situ la lejanísima escena de la aparición de la voz de mi madre. A pesar del tiempo transcurrido, creía recordar dónde estaba la casa de Madò Brígida, a las afueras del pueblo. Durante mi infancia era famosa. Hasta allí llegaban peregrinaciones desde cualquier parte de la isla para que les pusiera en contacto con sus muertos, les leyera el futuro en las líneas de la palma o les sanara con la imposición sabia de sus manos.

Pregunté por ella en el café de la plaza. Brígida había muerto hacía años, pero su hija había heredado sus virtudes de vidente. Igual que su madre, contaba con una clientela fiel. No sólo los mallorquines se acercaban a su consulta, sino también los extranjeros, en especial, la numerosa colonia alemana. Amelia se había especializado en la compostura de huesos y en el manejo del péndulo, con el que adivinaba dónde estaban situadas las capas freáticas que permitieran excavar pozos o el sexo de los fetos con perfección de ecografía.

La casa aparecía en mi memoria rodeada de árboles frutales y macetas de geranios, hierbabuena, romero, almoraduj y lavanda, plantas de gran predicamento entre los aficionados a la herboristería, de los que Madò Brígida formaba parte. El jardín ofrecía hospitalidad y sombra, y olía a limpieza, en las antípodas de lo que cualquiera podría imaginar que sería el asalvajado refugio de una bruja. El recibidor conservaba todavía el mismo arcón con un candil mallorquín, y media docena de sillas frailunas alineadas contra la pared. Como entonces —cuando mi abuela, mi tía y yo, hacía la friolera de cuarenta y dos años, aguardamos turno para ser recibidas—, hacían cola tres personas. Sentada, hojeando una revista, me avergonzaba de estar allí y quizá para justificarme ante mí misma, me decía que no había venido para consultar nada sino para rememorar la escena lejana en que, probablemente hipnotizada o quizá sedada con algún bebedizo —recuerdo una infusión que me obligaron a tomar para combatir el frío, era febrero y helaba—, y sin duda sugestionada, porque me habían asegurado que podría hablar con mi madre, me preparé para oír su voz en un cuarto que estaba en penumbra y en el que me habían dejado sola. Y en efecto, la oí en un susurro llegado desde muy lejos, desde el otro mundo, un mundo donde había olvidado el acento catalán y empleaba la variante dialectal mallorquina para decirme: «*Ninona, has de ser molt bona al.lota i obeir a sa padrina. Jo sempre estic amb tu encara que no me vegis*».*

Amelia me recibió en un despacho funcional, parecido a cualquier gabinete de clínica elegante. Llevaba puesta una bata blanca impoluta, esterilizada, a juego con su sonrisa aséptica. En sordina, el concierto para violín nº 4 de Mozart gratificaba el ambiente. No debí de parecerle de la isla, porque vaciló entre hablarme en inglés o utilizar el castellano. Finalmente, al responder en mallorquín a su petición de telefonista educada, «Usted dirá en qué puedo serle útil», se pasó al idioma autóctono.

—Me gustaría hacerle una pregunta —le contesté.

—Eso es muy poco. ¿Sobre...?

* «Nenita, sé muy buena. Obedece a la abuelita. Yo siempre estoy a tu lado, aunque no me veas.»

Le pregunté si lo que sospechaba era cierto. Si mi padre podía ser un importante escritor. Por treinta euros, Amelia consultó las cartas y me aseguró que sí.

La afirmación de Amelia no probaba nada. De eso estoy segura. Además, yo nunca he creído en los poderes esotéricos, ni me he fiado de las facultades adivinatorias de los tarots. Por supuesto, necesitaba otras demostraciones que coincidieran con la afirmación de la vidente y fuesen más allá de la identificación del doctor R. con el doctor Rieux, el médico protagonista de *La peste*, que al terminar de leer el libro se me había ocurrido. Por fortuna conseguí aquella misma tarde el libro de Todd sobre Camus y su lectura me resultó fundamental para empezar a atar cabos. Mi cuñada me convenció de que le preguntara a la mejor echadora de cartas de Mallorca, cuya fama le había llevado a abrir otro despacho en Madrid, adonde iba cada semana para atender, decían, a una clientela de políticos o ex políticos, como Suárez o Felipe González, que, igual que muchos de sus homólogos europeos, desde De Gaulle a Mitterrand, consultaban los horóscopos antes de tomar cualquier decisión importante. Era cierto y seguro, argumentaba Diana, que Mitterrand, antes del Tratado de Maastricht y de la guerra del Golfo, había pedido consejo a Elizabeth Teissier, su experta particular..., y que De Gaulle, entre 1949 y 1969, se había asesorado con Maurice Vasset. También afirmaba que Nancy Reagan introdujo los astrólogos en la Casa Blanca y que éstos, desde hacía tiempo, estaban en nómina en las más importantes consultoras financieras de los Estados Unidos... En realidad, no perdía nada yendo a ver a su astróloga, insistía mi cuñada. Ella la trataba mucho y siempre tenía en cuenta sus diagnósticos respecto a sus decisiones económicas, que le parecían más arriesgadas que las sentimentales...

Diana me acompañó hasta el despacho de la astróloga después de pedir hora. Cuando me abrió la puerta pensé que me equivocaba. La conocía perfectamente: era María Fernández de Córdoba, vecina de doña María Antonia, a la que yo había visto a menudo por su casa cuando aún no había descubierto sus poderes. Ni su simpatía contagiosa ni su intuición extraordinaria me sorprendieron. Su dictamen tampoco: las cartas hablaban de manuscritos y personas fallecidas de manera violenta. Según su interpretación, mis padres no habían muerto por causas naturales.

A comienzos de octubre, mi cuñada me llevó al aeropuerto. En Barcelona organicé las prioridades de mis pesquisas. En primer lugar, intenté ponerme en contacto con los supervivientes de la fotografía hecha en Isle-Adam. Mi amiga Carme Sanmartí me acompañó, tres días después de mi regreso, a ver a su suegra. La señora Romeva es una persona muy amable y me recibió con gran cordialidad. Me contó que ella, junto con su madrastra, Maria Bosch, y su hermana, salió en coche hacia la frontera el mismo día en que cayó Barcelona. Iban hacia Perpignan, donde tenían unos conocidos que les acogieron. Luego pasaron a Armissan y quizá allí coincidieron con la familia de mi madre. Mercè Romeva recordaba vagamente que la esposa de un diputado que era maestra estaba muy enferma y por eso el marido y las dos hijas que les acompañaban no pudieron dejar el pueblo, donde también fueron ayudados por Marc Sangnier, el político demócrata cristiano, que era una gran persona... Sangnier hospedó a los Romeva, los Riba, los Sunyer y los Soldevila en la colonia de vacaciones de Bierville hasta que en el mes de junio tuvieron que abandonarla, porque los miembros de las Juventudes Obreras Católicas tenían que ocuparla. Entonces todos se fueron a Isle-Adam, a unos cuarenta kilómetros de París, donde había sido hecha la fotografía que ella miraba ahora atentamente, y que en absoluto recordaba. Reconoció a todos excepto a mi abuelo y a sus hijas. Pero eso no tenía nada de particular, por el hotel donde vivían, que había sido un antiguo *meublé,* pasaron muchos otros exiliados, de visita. Si el abuelo era amigo de Sangnier, quizá había ido para ver si podían acogerles. Pero estaba segura de que no se habían quedado, eso no lo habría olvidado, a pesar de que ella vivía únicamente pendiente de sus amores con Jordi Riba y de disimularlos delante de su padre, que si hubiera sabido que eran novios no les hubiera dejado permanecer bajo el mismo techo ni un segundo más. «Eran otros tiempos», me sonrió con melancolía infinita la señora Romeva...

—Siento no poder ayudarte. Es verdad que el nombre de tu abuelo me suena, pero no sé nada de él, tampoco de tu madre, el año en que me dices que regresó, el 46, yo pude casarme, finalmente, y Jordi y yo nos fuimos a vivir a Mallorca, donde él había encontrado trabajo. En diez años tuvimos ocho hijos... Me recuerdo en un piso cercano a la plaza de España, con una gran barriga y mucho sueño...

Excepto los ratos que duraban las visitas a la psiquiatra, que consideraba que el viaje a Palma había sido un éxito y estaba a punto de darme de alta, me pasaba las horas del día instalada en la biblioteca del Instituto Francés, inmersa en la bibliografía de Camus para buscar en todas partes, también entre líneas, cualquier referencia, por mínima que fuera, a la persona de mi madre. Por las noches, al volver a casa repasaba en Internet los fondos documentales de Camus en Francia y en Estados Unidos, a los cuales pude acceder gracias especialmente a los datos que me dio Miguel Valladares, el bibliotecario del Dartmouth College, que me facilitó el contacto con expertos americanos, por si entre los papeles archivados, se encontraban las cartas de una catalana desconocida, llamada Cecilia Balaguer o quizá Celia Ballester, aunque bien pudiera ser que sólo firmara C. Pero mis esfuerzos fueron vanos. No apareció ninguna alusión, ningún rastro, indicio o referencia que pudiera inducir a sospechar siquiera una relación amistosa. Tampoco la profesora Delvaux, que conocía a algunos de los mejores especialistas camusianos, biógrafos incluidos, y que me había ofrecido su desinteresada ayuda, había conseguido saber nada nuevo. Sin embargo, creía que la letra de la dedicatoria de *L'Étranger* se parecía mucho a la de Camus, tanto que podía confundirse con la suya. Me consta que Camus no hablaba catalán, pero sabía algunas palabras en la variante menorquina y lo podía leer. El hecho de escribir en catalán la dedicatoria no tiene nada de extraordinario. Lo considero una gentileza para con mi madre. Además de su posible relación sentimental con Cecilia Balaguer, Camus tuvo diversos contactos con catalanes y formó parte del comité de honor del Instituto Catalán de Arte y Cultura, creado hacia 1952 en París, en defensa de la cultura catalana, como atestigua Xavier Vall en un artículo en el que se refiere a «*la catalanidad camusiana*». Lo leí con la esperanza de encontrar el nombre de mi madre, entre los de Rafel Tasis, Josep Palau i Fabre o Víctor Alba, que tuvieron amistad con el escritor. Incluso con este último tradujo unos poemas de Maragall al francés... No suenan nada mal, especialmente algunos versos del *Càntic espiritual: «Si le monde est déjà si beau, Seigneur, quand on le contemple / De cet oeil où vous avez mis votre paix [...]*

Mais alors, que serait la vie? / L'ombre seulement du temps qui passe». *

Estoy segura de que nadie, ni los camusianos más entusiastas, ha sido capaz de leer la obra completa de Albert Camus con más fruición ni con la pasión absoluta con la que yo me sumergí en sus escritos durante aquellas dos semanas. Ni nadie tampoco se ha metido más de lleno en escudriñar su biografía, buscando en los textos que él dejó, pero también en los que sobre él escribieron otros o filmaron otros, cualquier referencia, por mínima que fuera, a unos interrogantes vitales. No obstante, intentaba mantener la cabeza fría, como me recomendaba la doctora Sender, para sopesar lo mejor posible la situación que la candidatura de la paternidad de Camus me ofrecía. En consecuencia, tenía dos opciones. Por un lado, aceptar que yo extrapolaba las referencias que había en las cartas en relación a los amores de Cecilia Balaguer y el novelista Albert Camus... Por otra, creer que la relación existió, pero que mi madre no representó ningún papel de importancia entre el numeroso grupo de amantes del escritor, algunas del todo eventuales, otras más perdurables. Una cantidad de amantes francamente considerable, según sus biógrafos, de cuyas relaciones tenemos fehacientes pruebas. Exceptuando algunas, como María Casares, Catherine Sellers, o Mi —la jovencísima estudiante danesa, su última adquisición—, con las que mantuvo amores simultáneos hasta su muerte, las demás apenas significaron nada.

Camus —lo recuerda Todd— opinaba que irse a la cama con una mujer tenía la misma importancia que to-

---

* «Si el mundo es ya tan bello, Señor, cuando se le contempla / con esos ojos donde habéis puesto la paz [...] Pero entonces ¿qué será la vida? / Tan sólo la sombra del tiempo que pasa.»

marse una copa en su compañía, un acto intrascendente, que no comportaba ningún tipo de compromiso. Y eso debió de ser lo que pasó con mi madre, aunque yo pueda ser fruto de aquellas copas, un fruto igualmente intrascendente. Quizá Camus mintiera a Cecilia sobre su relación. Puede que le dijera lo que ella quería oír: que la amaba. También él defendía la mentira en cuestiones amorosas por cortesía o por piedad. En un mundo absurdo ¿qué importancia podía tener mentir? Me gustaría pensar que la admiración que mi madre sentía por él la hubiera inducido a seguir sus directrices y a mentirle también. Pero lo dudo. Las cartas parecen sinceras. ¿No cree?

Camus, igual que Sartre y Simone de Beauvoir, se adelantaba como mínimo en dos décadas al rechazo de la moral burguesa que, durante un siglo y gran parte de otro, mitificó el adulterio, del que los novelistas del siglo XIX extrajeron sus mejores temas, hoy obsoletos.

A estas alturas, me quedan pocas dudas acerca del destinatario de las cartas de mi madre. La opacidad de sus escritos se ha vuelto transparente a medida que he ido conociendo referencias concretas sobre la vida de Albert Camus, perfectamente documentada por la cantidad de datos contrastados que aportan sus biógrafos, que esperaron, por delicadeza, hasta la muerte de Francine Faure, su esposa, ocurrida en 1979, para dar a conocer su intensa vida erótica. Si nada dicen de Cecilia Balaguer es porque Camus jamás debió de hablar de ella ni siquiera con María Casares, de quien, en efecto, mi madre pudo ser amiga —ese punto permanece oscuro, sólo cuento con el testimonio de Pauline—, y que aceptó las otras relaciones femeninas de Camus, quizá, porque Camus aceptaba también las otras relaciones de María Casares, su principal mujer entre el particular harén, al menos durante mucho tiempo.

Ahora sé que el premio al que alude mi madre en su carta, ese reconocimiento importantísimo del que habla, no es otro que el Premio Nobel de Literatura, otorgado a Camus el 16 de octubre de 1957 y del que dan noticia el día 17 todos los periódicos de Barcelona. Eso me ha permitido entender mejor la insistencia de mi madre en llevarme a París y su actitud delante de su marido la noche que yo espié su conversación, o mejor, la madrugada del 20 de octubre, cuatro días después de la concesión. Ahora me hago cargo de que el aire voluptuoso de Cecilia, aquella especie de arrogante seguridad, tenía que ver con el triunfo de la persona que amaba, un triunfo del que se sentía orgullosa y quién sabe si hasta partícipe. En la carta del 14 de noviembre, mi madre se refiere al telegrama de felicitación que le ha enviado, al que él se ha «dignado contestar», y a la ilusión con que espera conocerme.

No sé si el hombre de la gabardina que yo vi desde la ventana de casa del abuelo una noche de enero de 1958 era él, pero puedo asegurar, lo he podido comprobar después, que, en efecto, tenía todo el aire de Humphrey Bogart con que se describe a sí mismo.

También coinciden con las preocupaciones del amante de mi madre las que Camus siente por la situación de Argel, que tantos quebraderos de cabeza le acarreó y también tantas críticas. Del mismo modo que suyas son las frases con las que se refiere a su deseo de frugalidad, de sencillez para vivir y morir y que Cecilia copió en una carta textualmente. He podido constatar que Herbert R. Lottman, su biógrafo norteamericano, cuenta una anécdota que tiene que ver con el párrafo transcrito. Un día, volviendo de visitar anticuarios para tratar de encontrar una cama Luis XVI, destinada a la habitación de su hija en la casa de Lourmarin que acababa de comprar, se encontró con su amiga de los tiempos de la resistencia, Jacqueline Bernard, y ella le riñó: «¿No habías dicho que te contentabas con un sencillo cuarto de hotel?». «Yo he dicho que me gustaría morir en una habitación de hotel, pero no vivir.» Una buena respuesta para disimular su contradicción... pero ¿quién no es contradictorio?

Trato de ser objetiva con Albert Camus y me digo que es un inmenso escritor, cuyas obras tienen una vigencia enorme aún, igual que muchos de sus puntos de vista. Su oposición a la lucha armada, al terrorismo, su rechazo que la violencia engendra la historia, como sostenía Hegel, que él considera equivocada, puesto que, a su juicio, significa la coartada del deshonor, fuente de infinitos sufrimientos, de terribles desgracias, porque afecta a cuantos comparten la condición humana, siguen de absoluta actualidad. También yo comparto esas ideas y las defiendo firmemente. Pero ¿puedo inferir de esas coincidencias alguna otra causa que no sea moral, que no tenga que ver con una similitud de planteamientos? Claro que no. Sería ridículo suponer que proceden de unos genes determinados, de un temperamento heredado. Tampoco el hecho de estar de acuerdo con las palabras de Calígula, del gran loco Calígula: «¿Quién no quiere la luna, quién no desea tenerla al alcance de la mano y quién ignora que el hombre —mejor sería que hubiera escrito la persona humana— está predestinado a morir y no es feliz?».

Mi madre fue atropellada por una camioneta la noche del 4 de enero de 1960 en la ciudad de Avignon. El mismo día, unas ocho horas antes, Albert Camus fallecía en accidente de automóvil, a veinticuatro kilómetros de Sens, entre Champigny-sur-Yonne y Villeneuve-la-Guyad, a consecuencia, se dice, de un reventón de neumático o de la rotura de la dirección o simplemente de la conjunción fatal del suelo resbaladizo y el exceso de velocidad, que precipitó el coche contra un árbol, un coche deportivo que conducía su íntimo amigo Michel Gallimard, sobrino de su editor. Parece ser que en el bolsillo de la americana del novelista había un billete de tren Avignon-París sin utilizar. El día 2 de enero Camus había despedido en la estación de Avignon a su mujer y a sus hijos gemelos Catherine y Jean. Quizá —todo es suposición— habría planeado encontrarse con Cecilia el mismo día y regresar juntos a París el 3 en vez de hacerlo con los Gallimard, una decisión tomada, al parecer, en el último momento, después de que sus amigos insistieran en volver recorriendo una ruta gastronómica que compensaría a Camus de los setecientos kilómetros de coche. Quizá prefirió los placeres culinarios a los sexuales, sus biógrafos nada dicen al respecto. Pero consta que, antes de volver a París, antes de dejar su casa de Lourmarin, donde había pasado las Navidades con su mujer Francine y sus hijos, había escrito a María Casares, a Catharine Sellers y a Mi, su joven amante, a quien tenía instalada en un pueblo cercano y que entonces se encontraba de vacaciones en Dinamarca con su familia. A las tres les había dedicado palabras de apasionado amor, transcritas por Todd en su biografía.

No sé, me temo que tampoco conseguiré saberlo jamás, a no ser que usted, por un azar venturoso, se hubiera tropezado con la pareja y hubiera reconocido a Camus, si el encuentro entre él y mi madre se llegó a producir. O si él faltó a la cita sin dar ninguna explicación, después de haber planeado que Cecilia le esperase en Portbou y que se pusiera el abrigo azul y el sombrero escaso que tanto le gustaba, como parece insinuar ella en su última carta.

Ignoro si el presunto suicidio de mi madre tiene que ver con la muerte de su amante o si fue la desesperación por su pérdida lo que pudo impulsarla a tirarse bajo las ruedas de la camioneta, pero encuentro raro que conociera la noticia con tanta celeridad.

Me consta que la agencia France-Presse la difundió hacia las cuatro de la tarde, pero los diarios de Avignon no la publicaron hasta el día siguiente. Parece ser que la radio —la televisión apenas emitía en 1960, fuera de París— tampoco la divulgó porque estaba en huelga y retransmitía sólo música clásica. Tal vez Cecilia Balaguer quiso acabar con su vida por otros motivos o murió a consecuencia de un accidente. Pero lo dudo a tenor del papel que apareció en su bolsillo y que no es de su letra, quizá alguien que conociera su relación pudo ponerlo allí con la intención de ofrecer una pista falsa.

Hace casi dos meses estuve en Avignon y pude ver el atestado del accidente donde se señala que la camioneta circulaba a una velocidad no permitida en el casco urbano, que el conductor no la redujo al observar que una persona cruzaba la calle y que tras el atropello se dio a la fuga sin prestar ayuda a la víctima, que falleció pocas horas después de ser trasladada en ambulancia al hospital. El chófer pudo ser detenido, precisamente por exceso de velocidad, cuando se dirigía a tomar la Nacional 7 que lleva a Marsella, y fue puesto a disposición judicial por no haberse parado después del accidente. En su descargo dijo que era español, que no tenía permiso de residencia, que entraba y salía de Francia por el monte porque era un luchador, un maquis y tenía miedo de que, si le detenían, le devolviesen a España, donde habría de acabar frente a un pelotón de fusilamiento, pues sobre él pendía una orden de busca y captura por actividades subversivas. En el atestado se decía que había dos testigos del atropello, pero que no pudieron ver otra cosa que el cuerpo de mi madre arrastrado por la camioneta y que ellos fueron los primeros en auxiliarla. Los testigos eran un matrimonio apellidado Roche, Antoine y Clémence, que, según he podido saber, a finales de los ochenta cambiaron Avignon por París. Pero dado que en 1960 tenían alrededor de sesenta años y que han pasado más de cuarenta, está claro que no viven. Por lo menos sus nombres no figuran en la lista de personas centenarias a las que el Gobierno de la República felicita por su cumpleaños. Francia, no cabe duda, es un país bien organizado.

Parece más que probable que el accidente fuera muy comentado en la ciudad durante los días que siguieron al suceso y por eso puse un anuncio en el periódico solicitando la colaboración de aquellos que recordaran algún dato. Pero nadie contactó conmigo. De nada sirvió la entrevista que aceptaron hacerme en *La Provence,* el diario que continuó *Le Provençal,* para hablar de Cecilia Balaguer o Celia Ballester, insistiendo en las referencias sobre mi madre que pudieran ayudar a su identificación retrospectiva. El periódico reprodujo asimismo una foto de aquella época, pero inútilmente, ya que nadie me dio noticias suyas. Estoy segura de que no fue por mala voluntad, cobardía o pereza de quienes, durante los primeros días de enero de 1960, tal vez se encontraron con Cecilia Balaguer, sino porque sus recuerdos, si es que todavía vivían, habrían sido fagocitados por el tiempo que acaba por engullirlo todo. Los policías que realizaron el atestado hacía mucho que descansaban en el cementerio local. Tampoco el conductor de la camioneta podía estar vivo, tenía entonces cincuenta y seis años. Poco después del accidente, había sido juzgado y condenado por imprudencia temeraria, no prestar auxilio a la víctima y darse a la fuga. En el juicio el abogado del chófer basó la defensa en que Juan Pérez no había podido frenar y que mi madre estaba ya en medio de la calle cuando la camioneta se le vino encima. Pero la palabra suicidio no llegó a pronunciarse ni tampoco se aludió a la nota que ella llevaba en el bolsillo para justificarlo. Pérez fue condenado a tres años de cárcel y a pagar una indemnización a los familiares de la víctima.

También en Avignon, como hice en Portbou, peregriné por los hoteles. Con la ayuda de los empleados de la Oficina de Turismo pude saber cuántos estaban abiertos en 1960 y eso me facilitó el trabajo. A todos los recepcionistas les hacía la misma pregunta reiterada e inútil, una pregunta que la policía y el detective, fallecido en 1999, a quien mi padre había encargado el caso, debieron de repetirles días después de aquel martes 5 de enero, víspera de Reyes, sin que las respuestas consten en ningún lugar.

Ya hacía una semana que estaba en Avignon y me quedé otra por si acaso alguien se decidía con retraso a ponerse en contacto conmigo. Conocía la ciudad porque de jovencita había seguido, como corresponsal del periódico en el que trabajaba, el festival de teatro, pero de eso hacía también muchos años y no me pareció la misma. Me pareció más grande, no sé si más próspera y tal vez más sucia. A ratos y en ciertos lugares, maloliente como en la época de Petrarca, que además de bendecir el tiempo, la hora y el lugar donde vio a Laura por primera vez —fue el 17 de abril, Viernes Santo de 1327 en Notre-Dame-des-Doms— se refirió a la pestilencia de Avignon. Incluso encontré cambiado el centro histórico. La plaza de l'Horloge había aumentado el número de cafés, bistrots, pizzerías, bares y restaurantes con menús de oferta, bajo toldos de colores chillones y anuncios plastificados que impedían el paso de los viandantes y entorpecían la perspectiva. En la calle de la République proliferaban los mismos almacenes que en cualquier otro lugar de Europa, exhibiendo moda barata y multinacional, confeccionada en China a cambio de jornales de miseria. Por suerte la maravillosa plaza du Palais des Papes o la calle des Teinturiers seguían igual, como el paso de las aguas bajo el puente de Saint Bénézet, el puente donde resulta imposible bailar en corro, aunque la canción asegure lo contrario, porque es demasiado estrecho pero no debajo de los arcos de la isla de La Bartelasse, como pasaba hace siglos. Me entretenía pensando que la literatura —*sur le pont d'Avignon / on y danse tous en rond*— está, en efecto, llena de contradicciones e inexactitudes que acaban finalmente por ser explicadas, cosa que en la vida no ocurre. La de mi madre, por ejemplo, encerraba uno o varios misterios que no conseguía descifrar.

Pendiente del teléfono, mataba las horas visitando museos o paseando por una Avignon invernal, nubosa, tranquila, con escasos turistas, bastantes mendigos y muchos emigrantes, y me decía que esta ciudad había sido testigo de los últimos pasos de mi madre, de su desorientación, de su desesperación o de ambas cosas a la vez. Puede que no se diera cuenta de que mientras cruzaba la calle se acercaba un vehículo muy deprisa; puede que se sintiera sola, perdida, abandonada y decidiese tirarse bajo sus ruedas o hasta puede que alguien la empujara, el mismo o la misma que puso en su bolsillo la cita de Camus. Pero ¿por qué? ¿Cuál era el móvil que les habría impulsado? ¿Qué habría hecho mi madre para que alguien tratara de matarla?

Iba hacia el lugar donde había ocurrido el accidente, intentando reconstruir los hechos, intentando imaginar la escena no sin horror: la camioneta no frena sino que acelera y a gran velocidad se pierde calle abajo. No dejaba de obsesionarme el hecho de que Juan Pérez perteneciera al movimiento maquis igual que mi madre, como si el azar, con su ironía trágica y absurda, se hubiera encargado de manejar los hilos de la representación convirtiendo a los personajes en simples marionetas. Usted, que es mucho más perspicaz que yo y a quien el hecho de no estar implicado en esta historia le permite una mayor objetividad que a mí, estoy segura de que habrá sospechado ya que Juan Pérez, el camionero, podía cumplir órdenes, órdenes precisas de acabar con Cecilia Balaguer.

Pensaba abandonar Avignon el mismo día que recibí una llamada de un sobrino de Juan Pérez que vivía en Marsella. Había visto por casualidad *La Provence* con el anuncio y la entrevista. Al comprar una tulipa para el quinqué que tenía sobre la mesa camilla, se la habían envuelto, para protegerla, con la página de un periódico atrasado. Pérez no tenía ningún inconveniente en hablar conmigo. Al contrario, se ofrecía a acercarse hasta Avignon porque estaba jubilado y disponía de tiempo. Además, así haría prácticas de español, el idioma de su infancia que ya no hablaba casi nunca. Le cité para aquella misma tarde en el café In and Off, muy cerca de mi hotel.

Acudí a la cita nerviosa y antes de hora. Tenía la intuición de que de lo que me contara Germinal Pérez habría de depender mi vida, la pasada y también la futura. Le vi llegar, con un ejemplar de *Le Monde* debajo del brazo —era su periódico, y no la prensa regional, me había dicho por teléfono—, y la trenca azul que se puso para que le pudiera identificar. Era alto y fuerte y, a pesar de sus años, atractivo, en concreto cuando sonreía, y lo hacía a menudo. De la entrevista que había leído en el periódico deducía que lo que él podía aportar no iba a gustarme y se disculpaba por adelantado. Le dije que no se preocupara y que me contara cuanto sabía. No era mucho, matizó, y además no era agradable, volvió a insistir. Aquellos circunloquios contribuían más a mi impaciencia y aún tuve que esperar a que el camarero se marchara para que Pérez comenzara su relato. De mi madre hasta ayer no conocía el nombre, lo había leído por primera vez en el periódico, pero sí sabía de su existencia. Había oído contar a su padre, que también durante una época estuvo enrolado en el maquis, que su hermano Juan Pérez, que murió un año después de salir de la cárcel, en 1964, había recibido orden de eliminarla. Quienes lo decidieron tenían la convicción de que Cecilia Balaguer era un agente doble, que no sólo pasaba información y daba apoyo a los antifascistas, sino que como espía dependía del Servicio de Seguridad de los franquistas. Obligaron a Pérez a atropellar a Cecilia, a quien no conocía personalmente, después de que cayera Quico Sabaté, abatido por la Guardia Civil en Sant Celoni. Sabaté había entrado en España monte a través, a finales de diciembre y se había refugiado en el Mas Clarà, cerca de Bañolas. Allí fue detectado por la Guardia Civil, que le puso cerco, pero él consiguió huir. Quien daba las órdenes, un comité de Toulouse, según Pérez, acusaba a Cecilia de haber informado a la policía española de las intenciones de Sabaté. También había oído contar a su padre que Juan nunca volvió a ser el mismo, que no pudo soportar los remordimientos, agravados porque la víctima era una mujer. Le obligaron a ejecutar la sentencia, a cumplir las ordenanzas de los códigos de la guerrilla, según las cuales los traidores y los confidentes debían ser ajusticiados sin contemplaciones.

Le repliqué a Pérez que me costaba mucho creer que mi madre pudiera hacer un doble juego, que había sufrido el exilio, que su hermana había muerto en la cámara de gas, que su padre había sido diputado de la Generalitat republicana, que, a pesar de estar casada con una persona adicta al Régimen, sabía de muy buena fuente que siempre se había sentido partícipe del bando de los vencidos. Además la información que él me daba era incongruente, absurda. Afortunadamente se lo podía demostrar con datos objetivos: si se trataba de vengar la muerte de Sabaté, quien había dado la orden se adelantó, puesto que mi madre fue atropellada hacia las nueve de la noche y Sabaté murió sobre las doce, tres horas más tarde. Además, la noticia no se difundió hasta el día 6. Fue el 6 cuando la publicaron los periódicos, donde podía leerse que el bandolero había asaltado el tren en Portbou. Hoy, sin embargo, los historiadores Téllez, Serrano y su última biógrafa, Pilar Eyre, aseguran que subió al tren muy cerca de Girona, en Fornells de la Selva, el día 5, de madrugada. Encañonó al maquinista y a su ayudante y les exigió que no se detuvieran hasta Barcelona. Pero no le obedecieron. No podían. En Massanet tenían que cambiar la máquina de vapor por una eléctrica, y además el itinerario estaba prefijado, había que pararse en unas determinadas estaciones. Al pasar por Sant Celoni, Sabaté se tiró en marcha, buscaba un médico pero no le dio tiempo a encontrarlo. A las ocho de la mañana cayó abatido por los tiros de un somatenista, Rocha, y un guardia civil... Sabater, como le llamaban entonces en la prensa española, o Sabaté, como ahora escriben sus biógrafos, actuaba a la desesperada y por cuenta propia. Permanecía alejado del comité de Toulouse, que le rechazaba, y a ninguno de sus antiguos compañeros se les podía pasar por la cabeza vengarle. «Se lo digo con conocimiento de causa, se lo puedo asegurar —le advierto— porque he leído cuanto se ha publicado sobre los maquis, sobre los hermanos Sabaté, sobre Ramón Vila Capdevila, llamado *Jabalí, Pasoslargos, Lleugí, Caracremada,* por si acaso era el mismo Ramón de parte del cual el hombre de los ojos de lobo había interpelado a mi madre un atardecer de mi remota infancia...».

Pérez vuelve a sonreír. Él se limita a contarme lo que otros le contaron, lo que oyó en su casa. «No puedo añadirrrr nada más», me dice con un acento francés de caricatura. Comprende que yo no esté de acuerdo...

Le contesto que, en efecto, no lo estoy, que me parece inverosímil, fuera de cualquier lógica. De pronto me entra la duda de si Pérez dice la verdad, de si todo lo que me ha contado no será pura invención. Entonces como si me leyera el pensamiento lo corrobora:

—Quizá usted piensa que le he mentido, pero ¿por qué habría de hacerlo? ¿Qué interés puedo tener? Le aseguro que me he limitado a decirle lo que oí contar...

Me siento confusa y no le contesto. Me sirvo té de nuevo. La tetera está casi vacía. Germinal aprovecha para pedirle al camarero que traiga más, si es que no prefiero algo mejor, una ginebra, un coñac, o lo mismo que él, un vodka.

Le pregunto qué sabe sobre el texto de Camus, sobre la nota procedente de Le Mythe de Sisyphe. Me contesta que su tío contaba con cómplices, el matrimonio Roche, los testigos, a quienes me refiero en La Provence. No les debió de resultar nada difícil meter en el bolsillo del abrigo de mi madre un papel que pudiera hacer pensar que se trataba de un suicidio. Los anarquistas solían dejar una nota junto al cuerpo de la víctima en la que justificaban las razones de su muerte. Si Juan Pérez se conformó con una cita de Camus, apunta con ironía Germinal, fue para evitar cualquier pista delatora. En aquella época el Gobierno francés ya había prohibido las actuaciones de los maquis y la policía francesa había firmado un pacto de colaboración con la española.

Me encontraba mal, mareada y estuve a punto de irme, de dejar plantado a Pérez. Lo que me acababa de contar me daba náuseas, pero hice el esfuerzo de aguantar, intentando sobreponerme. Aunque las informaciones de Pérez no me sirvieran o me parecieran falsas, no tendría otra oportunidad para preguntarle si había oído hablar de la relación entre Camus y Cecilia. El hecho de utilizar una cita del novelista como coartada me hacía sospechar que quien había escrito el papel la conocía. A Pérez le constaba que Camus había ayudado a la resistencia republicana, pero no tenía idea de los posibles vínculos con mi madre, aunque según él nada de particular habría en que hubieran existido. Era del dominio público que el escritor tenía fama de ser un donjuán, no en vano llevaba sangre española.

Ahora sí que podía dar la conversación por finalizada. Sólo me interesaba averiguar si sabía de otras personas que pudieran ofrecerme más informaciones y quería ponerme en contacto con ellas. Lo sentía porque le hubiera gustado ayudarme, pero todos los que le venían a la mente habían muerto... Me aconsejaba acudir a los libros de historia. Ya lo había hecho sin ningún éxito: mi madre no aparecía por ninguna parte.

Germinal Pérez insistió en invitarme y en acompañarme hasta el hotel. Le iba de paso porque había aparcado el coche junto a las murallas. Le describí a la persona que me dio las cartas por si tenía que ver con algún descendiente de los resistentes. Quizá las cartas habían sido devueltas a mi madre por su amante en aquellos días, después de una ruptura definitiva. Pero Pérez me aseguró que jamás había oído hablar de las cartas. En cuanto al personaje que yo le describía era tan anodino que podía ser cualquiera. Justo en el momento de despedirse, me pidió que le permitiera comprar un ramo de claveles rojos para depositarlo conmigo en el lugar donde mi madre fue atropellada. Le di las gracias, pero me negué. Aunque no fuera responsable de los actos de su tío, no me apetecía compartir con él ningún homenaje.

A la mañana siguiente, antes de marcharme de Avignon, fui sola a la calle de la République, esquina Joseph Vernet, con un ramo de rosas amarillas, las preferidas de mi madre, y las dejé allí, en medio de la calzada, ante el estupor de la gente.

Pensaba tomar el tren hacia Montpellier para regresar a Barcelona aquella misma tarde, decidida a buscar en todas partes datos sobre los servicios secretos de Franco. Me era absolutamente preciso verificar con rapidez que todo lo que me había contado Germinal era falso, porque, pese a que las referencias a Sabaté no eran correctas, había introducido con sus palabras una posibilidad en la que nunca había caído: mi madre podía ser una agente doble. Deseaba probar cuanto antes que se equivocaba. Pero a la vez sentía miedo de constatar lo contrario, miedo de que fuese verdad. Me parecía demasiado terrible tener que aceptar, por un lado, no saber exactamente quién era mi padre y, por otro, ser hija de una mujer capaz de jugar un doble juego, de vender a los suyos. ¿Quiénes eran exactamente los suyos? ¿Los vencidos o los vencedores? ¿A quién engañaba? ¿Para qué? ¿Cuándo empezó a hacerlo?

Necesitaba contarle a alguien cercano la entrevista con Germinal Pérez. En el consultorio de mi psiquiatra me dijeron que la doctora no estaba. Había salido aquella mañana hacia Londres para participar en un congreso. No quería hablar con mi ex marido porque temía que sus comentarios me consolaran poco. Decidí llamar a mi cuñada para pedirle opinión. Diana me aconsejó que me lo tomara todo con mucha calma, que no me dejara impresionar por la mala memoria de un desconocido del que nada sabía. Que lo que debía hacer antes de regresar a Barcelona era relajarme y marcharme de vacaciones, que la Provenza era preciosa, que alquilase un coche para llegar hasta Luberon, que no me perdiera Gordes, que estaba muy cerca, en Vaucluse —se parecía a Deià y a nuestro Fornalutx, puntualizó en un tono cómplice que le agradecí—, y que, frente al hotel La Renaissance, esquina con la plaza del castillo, había una tienda de artesanía y que le hiciera el enorme favor de comprarle ocho individuales de color amarillo con una cenefa estampada con flores de lavanda.

Diana tenía razón, como casi siempre. Era cierto que necesitaba descansar y el campo desde hacía muchos años me servía de terapia. Fui en dirección a Cavaillon, hacia Gordes, para cumplir con su encargo. No sé si mi cuñada lo utilizó como una excusa para obligarme a visitar el pueblo encastillado, casi tallado en la roca, parecido a Ménerbes y a Bonnieux, situados también en el parque natural de Luberon, pero aún más bello, desde donde se domina un valle dulce repleto de verdes. La carretera que cruza el bosque bajo, en algunos puntos, me recordó la que desde Sóller sube hacia Lluc. En las zonas cultivadas había también olivos, como en Mallorca, viñas, frutales y grandes extensiones de lavanda. Pero mi intención nada tenía que ver con rememorar en el paisaje de la Provenza el que yo llevaba, llevo, escrito en la primera página de mi memoria y que no hacía ni un mes acababa de dejar, ni de establecer comparaciones, sino llegar lo antes posible hasta Lourmarin, un pueblo que está justo al pie de la montaña de Luberon y tiene fama por su castillo, que todas las guías recomiendan visitar. Yo no lo hice. A mí lo que más me interesaba era ir al cementerio donde, aparte de Henry Bosco, el escritor que más ha hablado de aquellos lugares, está enterrado Albert Camus. Sobre la lápida estrecha y casi negra, envejecida, en la que aparece su nombre, alguien había dejado, hacía mucho, un pequeño ramito de flores ya muy marchitas. Lo cambié por el que yo había comprado aquella mañana en Avignon, de rosas amarillas. Y me puse a llorar.

En el pueblo sólo una calle lleva el nombre de Camus, no existe placa ni monumento que señale que allí se refugiaba largas temporadas. Su casa sobresale, curva, entre las otras alineadas en una cuesta un poco empinada, en la parte alta, muy cerca de la iglesia. Es la única con las persianas de color marrón oscuro. La compró con el dinero del Premio Nobel, según cuentan sus biógrafos, que incluso ofrecen la cifra exacta que pagó y cómo se llamaba el médico que se la vendió. Pasé por delante varias veces y espié a través de las rendijas de la puerta que da al jardín, que me pareció mustio, abandonado. No me atreví a llamar ni a preguntar si podían enseñármela. En la pensión donde me alojaba me dijeron que la hija del señor Camus no quería ser molestada por la curiosidad de los extraños. Y aunque quizá yo no lo era, no tenía más que unas cuantas cartas en una carpeta azul que de nada me valdrían sin otras pruebas. No haría otra cosa que un espantoso ridículo yendo al encuentro de los herederos legítimos de Camus.

Puede que le parezca raro que encontrándome en Avignon no hubiera visitado antes Lourmarin y que sólo en el último momento, justo a punto de abandonar la Provenza, hubiera decidido llegar hasta allí. Debo confesarle que me costó mucho vencer el miedo. Del libro de Lottman, en especial, podía deducirse que la ruta de Lourmarin es de mal agüero. Yendo o viniendo del pueblo murieron unas cuantas personas relacionadas con el castillo, que durante el verano hospeda a escritores y pintores. Y de Lourmarin salieron Camus y Gallimard. Por otro lado, las cartas del tarot de María Fernández de Córdoba se referían a manuscritos y a muertos en accidente de coche.

Volví a Barcelona un poco más relajada que antes de ir a Avignon, pero el viaje no me había servido para aclarar nada sobre la personalidad de mi presunto padre y, en cambio, había añadido dudas sobre la de mi madre. Unas dudas que con todas mis fuerzas necesitaba disipar lo antes posible. En las bibliotecas especializadas en el franquismo encontré escasas referencias sobre los Servicios de Información del Régimen, como si la cuestión no interesara o se diera por sabida. Si las dictaduras funcionan bajo un estado policial, me decía, era obvio que los espías y los confidentes habían sido muy numerosos, tantos que quizá no valía la pena que nadie se molestara en sacar a la luz sus identidades. Los nombres de las personas más veces aludidas como cerebros del espionaje fascista pertenecían a la época de la guerra y eran Bertran y Musitu y el general Ungría. Ambos me resultaban familiares. Bertran y Musitu había fundado la Lliga con Cambó, su íntimo amigo, y después había sido director del SIFNE (Servicio de Información de la Frontera del Nordeste de España), los servicios de inteligencia que el conde de los Andes y Mola crearon y en el que trabajaron Felipe Bertran y Güell, con el cargo de secretario, y como agentes subalternos de información y enlace, el escritor Josep Pla, los hermanos Sertís, Manuel Vidal Cuadras y Enric Tremulleres; de estos últimos yo había oído hablar a menudo, tal vez porque eran tertulianos de Esther Brugada y, en consecuencia, amigos de mis padres. Pero el SIFNE fue clausurado después de la guerra. Y en ninguno de los libros que consulté, en ninguno de los archivos, incluidos el Archivo Histórico de la Guardia Civil de Madrid y el Archivo Histórico Militar de Segovia, donde, de mi parte, lo buscó una sobrina de Guillem que vive allí, aparece el nombre de mi madre. Sin embargo le mentiría si no le dijera que las cartas en las cuales se la conmina a la acción, según los expertos que me asesoraron, tienen aspecto de proceder de los organismos de información de la dictadura, no de la oposición. En relación con el nombre de Pedro Polo Borreguero, por ejemplo, he podido saber que coincide con el del jefe de la Brigada de Servicios Especiales de la policía que trabajaba junto a Quintela, el responsable máximo de la lucha antiguerrillera en Barcelona, y que a mediados de los años cincuenta, Polo Borreguero había pasado a la Embajada española en París como adjunto, con la misión de infiltrar el máximo de agentes entre los grupos que operaban en Francia. Borreguero tenía un curioso historial. Había empezado como policía de la Generalitat, a las órdenes de Miguel Badia, y había pasado la guerra en zona republicana, cosa que, según Oriol Maillo, uno de los historiadores del anarquismo, era una excelente cantera visual para desarticular futuras confabulaciones en la posguerra. El nombre de Borreguero aparece como torturador en boca de muchas de sus víctimas, cuyo testimonio recogen los libros que he podido consultar, desde el de Secundino Serrano o Dolores Martín, hasta el de Antoni Batista. La persona que felicita a mi madre dice que ha sido informada por Borreguero e imagino que no maneja una figura retórica como, por ejemplo, una antífrasis.

Con estas referencias hirviéndome en la cabeza, y a pesar de que Pérez me aseguró que no quedaba nadie del grupo de su tío, decidí ir a Toulouse, donde me habían dicho que vivían todavía algunos de los antiguos maquis, para saber si conocían a Juan Pérez. Como siempre, tomé el tren. Igual que cuando fui a Avignon, tuve que hacer trasbordo en Montpellier, después de algunas horas de espera. Pero eso era lo que menos me importaba. Por el contrario, me parecía que sólo de esa manera, repitiendo los posibles itinerarios de mi madre, podría llegar a alguna conclusión. Deseaba pasar en Toulouse el mínimo tiempo posible, porque el calendario aseguraba que casi era Navidad y quería estar en Portbou el día 30 de diciembre sin falta. El periodista Huertas Claveria, viejo compañero de muchas fatigas, me había dado la dirección de Liberto Aramis, un maquis que había servido como guía de montaña a Facerías y conocía muy bien los diversos componentes de los grupos libertarios, tanto los que siguieron a las órdenes de Federica Montseny, como los que fundaron grupúsculos alejados de la Rue Belfort, como era el MURLE (Movimiento Unificado de Resistencia por la Liberación de España), al que sospechaba que podía pertenecer Juan Pérez.

Liberto Aramis me recibió en un piso humilde de un barrio obrero de las afueras de la ciudad, que compartía con su hija y el marido de ésta, que me parecieron mucho más viejos que él. Aunque Aramis fuera nonagenario conservaba una gran energía y una voz enormemente vigorosa, voz de mando, como si su vida entera hubiera consistido en dar órdenes a la tropa. Enseguida me preguntó a qué época pertenecía lo que yo quería saber. Y al decirle los años, entre el 49 y principios del 60, me aseguró que tenía muy buena memoria de aquel tiempo, el tiempo de la lucha clandestina, y poca, muy poca de los tiempos actuales. Pero no le importaba. Los que corrían ahora valían muy poco, mucho menos que los pasados, en los que los ideales de la lucha estaban a punto de triunfar y hubieran triunfado si los aliados no hubieran permitido que Franco se perpetuara en el poder, acabada la guerra europea, cuando lo esperable era que se le hubiera juzgado y condenado por fascista, y liberar así a España de la opresión. Por eso, ellos, que combatieron a Hitler, que lucharon sin tregua para vencer a los invasores alemanes, no podían comprender cómo las democracias que, finalmente, habían ganado la guerra, Inglaterra, pero sobre todo Francia, les abandonaban de aquella manera ignominiosa. La Guerra Civil española no había sido más que el prólogo contra el totalitarismo de la derecha.

—Nosotros —dice con énfasis—, el pueblo, fuimos los primeros del mundo en combatir el fascismo y los últimos en quitárnoslo de encima. Me gustaría que el infierno existiera no sólo para que Hitler, Mussolini, Franco y todos los fascistas ardieran en su fuego para siempre, sino también para que con ellos ardieran todos los aliados que nos traicionaron, que se hicieron cómplices de Franco, que permitieron tanta infamia...

Aramis habla como si actuara ante una multitud, con golpes de retórica mitinera, con pausas que incitan a los aplausos, con una exaltación tan sana como inútil. Acalorado, en tensión, se levanta y continúa de pie:

—Nosotros fuimos los únicos que nunca aceptamos la victoria del dictador ni el final de la Guerra Civil y nos arriesgamos pasando armas, buscando dinero mediante incautaciones, practicando sabotajes... Fuimos los últimos luchadores en defensa de las libertades del pueblo...

De pronto tose y la dentadura postiza le juega una mala pasada y se le sale de la boca. Pero el detalle no parece preocuparle. Con la dentadura en la mano, empuñándola como si fuera una pequeña pistola —la dinamita en el paladar de la que hablaban los anarquistas de los años veinte—, sigue defendiendo su credo, el movimiento en el que militaron apóstoles, mártires y héroes...

Aprovecho una pausa, en la que vuelve a colocarse el paladar postizo, para preguntarle por Cecilia Balaguer o Celia Ballester, aunque tal vez podía ser conocida por cualquier otro nombre que ignoro. Le hablo también de Juan Pérez, involucrado en su muerte. Me pregunta cuándo ocurrió porque de Pérez sólo tiene referencias vagas, cree recordar que fue expulsado de la CNT en el 57, pero no está seguro porque, desde ese año hasta el 60, estuvo en la cárcel acusado de atracar una sucursal bancaria de Limoges.

En cuanto a mi madre, su nombre no le dice nada. No recuerda a ninguna Cecilia, o Celia, nadie que fuera hijo o hija del diputado Pere Balaguer... Más bien le parece raro que alguien ligado a Esquerra Republicana pudiera favorecer a los ácratas, a quienes consideraban enemigos. Le digo que era el abuelo y no mi madre la que pertenecía al partido de Tarradellas, y que además el abuelo tenía un amigo militante de la CNT, Vergés, a quien mi madre entregaba dinero destinado a los resistentes antifascistas. Intento ofrecerle los datos que me parecen más oportunos. Le cuento que Cecilia entraba y salía de Francia, que tenía un salvoconducto que le permitía ir a ver al abuelo, que se había casado con un mallorquín en 1948. Entonces Liberto me mira de arriba abajo y me dice con solemnidad:

—Sí, sé de quién me habla, no la conocí, pero sé quién es, la llamábamos La Guapa. Nos pasó información para atentar contra las bases de los americanos en el Puig Major de Mallorca. Desde 1953, desde que comenzaron a instalarlas los cerdos americanos, algunos pensábamos que un sabotaje allí tendría una repercusión magnífica, una repercusión mundial que dejaría acojonados a los fascistas. En 1957 estuvimos a punto de llevarlo a cabo. A última hora el patrón del bou que había de trasladar las armas a Mallorca, desde el puerto de Sète, se echó atrás y todo se fue a la mierda. Nos pidió una fortuna, el muy cabrón, le pagamos una parte por adelantado y no tuvo suficientes cojones para hacerlo, era un gallina, malnacido...

—¿Qué más sabe de mi madre? —insisto, sin atreverme siquiera a insinuar lo que me aseguró Pérez, que era una agente doble, con terror de que él me lo confirme.

—Nada más —me contesta—, mentiría si le dijera otra cosa.

—¿No oyó hablar de la posibilidad de que fuera una espía de Franco? —le pregunto, por fin, con un hilo de voz.

—No, pero ya le he dicho que de La Guapa no sé apenas nada, creo que no la vi nunca.

—¿Sabe de alguien que hubiera podido conocerla?

—En los cementerios imagino que podríamos encontrar más de seis o siete —señala con ironía—. Puede que llegue tarde. Serrano murió el año pasado, él sí que probablemente estuvo en contacto con ella, viajaba a París con frecuencia, recogía las ayudas que nos llegaban desde allí...

—Tengo entendido que Camus también les ayudaba...

—Fue el único intelectual decente de Europa, el único que nos apoyó. Le conocí en el año 43, de manera casual. Me habían dado una semana de permiso en el batallón francés donde luchaba. Como muchos otros, me presenté voluntario al salir de Argelès. Estaba en una cantina de París, comiendo un plato de lentejas, no hablaba casi nada de francés entonces, me hacía entender en catalán, en castellano o por señas, como podía. Él se me acercó y se ofreció de intérprete. Hablaba un poco de español y lo entendía perfectamente. También sabía algo de catalán, su madre procedía de Menorca. Me dijo su nombre: Caterina Sintes Cardona...

—En efecto —le interrumpo—. Tiene una memoria excelente. ¿Y qué más pasó? —le pregunto interesadísima.

—Ya se lo he dicho, de aquella época me acuerdo de todo. No pasó nada. Nos despedimos y mucho tiempo después, acabada la guerra europea, volví a verle en la sala Saulnir de París y le reconocí. Me acerqué a él después del mitin organizado por Les Amis de l'Espagne Républicaine, donde hizo un gran discurso, sí señor. Dijo que Europa era la Europa de los renegados, de los inmorales que habían aceptado que Franco gobernara España, que España había dado lo mejor de sí misma a Europa, ayudando a la resistencia, que los franceses tenían una deuda impagable con los antifascistas españoles, que él siempre estaría de nuestro lado, que no cometería la injusticia de olvidarnos... Al acabar me acerqué a saludarle y a darle las gracias. Estaba rodeado de mujeres preciosas, actrices y gente así. «Caterina Sintes Cardona», le dije, mientras estrechaba su mano, como santo y seña... Pero él no se acordaba... «Es el nombre de mi madre», me dijo con una mirada interrogante... Entonces le conté por qué lo sabía, de dónde lo había sacado... Me dio un abrazo...

—Tengo pruebas para suponer que soy hija suya...

—¿Hija de Camus? ¡No joda!... Las pruebas prueban, no hacen suponer... ¿Qué pruebas? —dice, mirándome como si tratara de adivinar algún remoto parecido entre los dos, y luego continúa en un tono más bajo, quizá traduciendo sus propios pensamientos—: Era un gran tipo, lástima que muriera tan joven.

—Unas cartas de mi madre que hacen referencia a su paternidad...

—¿Y él lo sabía?

—Sí, claro, mi madre se lo dijo.

—Me parece imposible. Camus era un hombre honorable, no un sinvergüenza cualquiera. Si hubiera sabido que tenía un hijo lo habría reconocido. Un hijo son palabras mayores, no es ninguna tontería.

—En efecto —le digo—, un hijo o una hija —matizo— no es ninguna tontería. Yo me conformaría con menos. Tal vez no hubiera sido necesario que me reconociera, hubiera sido suficiente con que me hubiera querido conocer...

—No quisiera ofenderla —se excusa en un tono amable—, no quisiera que me malinterpretara, quizá su madre se confundió. Camus nunca hubiera hecho una cosa así.

—No creo que mi madre se equivocara. Yo, por el contrario, por lo que he podido deducir de lo que cuentan amigos y biógrafos, creo que Camus sí podría hacer una cosa así...

—De Camus queda gente que puede hablarle, quiero decir gente nuestra, aparte de sus descendientes, claro.

Al salir de casa de Liberto llevaba tres direcciones apuntadas en mi cuaderno de notas y una frase clavada a golpe de martillo: «Camus nunca hubiera hecho una cosa así».

Deseaba irme de Toulouse lo antes posible. Aquella misma tarde tenía una cita con Margot Abat, discípula de Tuñón de Lara, como él especialista en historia y buena conocedora del archivo de la CNT y del Museo de la Resistencia, y a quien había encargado, aprovechando que trabajaba en la universidad como documentalista, que me buscara referencias de Juan Pérez, también de Cecilia Balaguer o Celia Ballester, en los archivos del CIRA (Centre International de Recherches sur l'Anarchisme) de Marsella y Lausana. Pero no porque tuviera prisa en regresar a Barcelona podía desaprovechar las oportunidades que Liberto Aramis me había ofrecido proporcionándome las direcciones de sus compañeros. Desde la calle, mientras buscaba un taxi que me llevara al centro, empecé a telefonear. Ojalá pueda encontrarles a todos, me decía, ojalá quieran recibirme. Armonía González es la única de las tres personas mencionadas por Aramis con quien pude quedar. Con los demás no tuve suerte. La hija de Antoni

Soldevila me aseguró que su padre no estaba en condiciones de recibir a nadie. Navegaba por un mar impreciso, entre la demencia senil y la arterioesclerosis. No podría sacar nada en claro de lo que me dijera. Un nieto de Albert Serra me notificó que éste había muerto hacía una semana en Barcelona, mientras visitaba a su hija casada con un médico de Hospitalet. Todavía no se habían atrevido a comunicárselo a Liberto Aramis.

Armonía González vive en el campo, en una especie de masía destartalada, rodeada de patos y gallinas, a unos quince kilómetros de Toulouse, con su segundo marido, diez años más joven. Es una mujer seca, de facciones pequeñas, ojos vivos de mirada inteligente y, según Margot, que me acompaña porque la ha entrevistado un par de veces, la más lúcida y desenvuelta de todas las militantes de la CNT. Como Liberto Aramis la ha puesto en antecedentes, no es necesario que le cuente cuál es el motivo de mi visita. Junto al fuego de la cocina, donde calienta agua para ofrecernos una infusión de menta, cultivada por su marido en el huerto, es ella quien inicia la conversación sobre mi madre y se refiere a Cecilia de manera directa.

—La muerte de La Guapa es un asunto turbio. Puede que nunca sepas qué ocurrió exactamente. Yo no la conocí, pero sí a Juan Pérez y no era buena gente. Le expulsaron de la CNT porque aseguraban que era un infiltrado que pasaba información a la policía de Franco... Vete a saber si la orden de matar a tu madre no venía de España, quién sabe si ella sabía cosas que no interesaba que pudiera contar a nadie, cosas de allá abajo, quiero decir. De Toulouse, no venía, puedes estar segura. Pérez hacía tiempo que no se relacionaba con el comité de Toulouse...

—Germinal Pérez, el sobrino de Juan, me dijo que pretendía vengar a Sabaté.

—Te aseguro que eso no es posible. Con Sabaté se llevaban a matar.

—¿Oyó decir si mi madre era una agente doble?

—No, pero podría ser. Si así fuera su muerte tendría una explicación que de otra manera cuesta entender. A no ser que alguien deseara verla enterrada y hubiera pagado a Juan Pérez... Decían que trabajaba por dinero, al servicio de la mafia de Marsella.

—No lo creo, no creo que nadie pudiera desear la muerte de mi madre.

—¿Su marido? ¿Se llevaba bien con su marido?

—Sí, claro que sí, aunque quién sabe. Cada vez tengo más dudas...

Noto que a Armonía le sorprende mi respuesta y me doy cuenta de que sólo he contestado en parte a su pregunta, sin fijarme en que encierra una acusación. Quizá por eso se disculpa, aunque insiste:

—Perdona, pero no sería el primer caso de que un marido deseara deshacerse de su mujer. En la España de Franco no había divorcio...

Margot interrumpe, rompiendo su mutismo por primera vez.

—Armonía, no te pases. ¿Adónde quieres ir a parar?

Ella no le contesta. Con un viejo calcetín arrugado y no muy limpio coge el mango de la cacerola, donde el agua está a punto de hervir, y continúa:

—Tengo entendido que el marido de Cecilia no es tu padre. Podría ser que Pérez hubiera trabajado para él.

—Probablemente no era mi padre, pero le quise como si lo fuera y estoy segura de que Pérez no trabajaba para él.

—Puede que fuera un accidente, sólo eso. Quién sabe si Pérez no urdió una versión fantasiosa, para darse importancia —aventura Margot—. O un suicidio, coincidiendo con la muerte de Camus...

Armonía niega con la cabeza y se levanta para ir a buscar las tazas y servirnos la infusión. Me doy cuenta de que al pasar junto a mí se fija en la marca de mi reloj. Presiento que le caigo muy mal, que debe de considerarme estúpida y ridícula, pero me consuelo pensando que la insinuación que involucra al marido de Cecilia, que jamás se me hubiera pasado por la cabeza, es sólo una venganza ácrata contra la moral pequeñoburguesa que en el fondo, me guste o no, es la mía.

—En cuanto a Camus...

Inicia la frase desde el fondo de la cocina mientras abre un aparador mugriento.

—¿Azúcar o miel? —pregunta.

—¿Conociste a Camus? No me lo habías dicho. Cuéntanos —le pide Margot tratando de que prosiga.

—Sí, y era una gran persona. Siempre que podía nos ayudaba. Deseaba ir a España, donde había nacido su madre, pero juró no hacerlo mientras Franco viviera, mientras no hubiera libertad, y no fue nunca.

—Su madre nació en Argel, su abuela era de Menorca —puntualizo, satisfecha de poder corregir a Armonía, al mismo tiempo que me digo a mí misma que mi madre no podía esperarle en Portbou. En Portbou, no. Si él no quería pasar la frontera tenían que quedar en otro lugar.

Armonía toma la infusión sorbiendo ruidosamente, cuando termina se seca los labios con el dorso de la mano y me pregunta si me interesa saber cómo trabó conocimiento con Camus. Le contesto que por descontado.

—Fue en París en la época de la resistencia, cuando él escribía en *Combat,* a través de María Casares, la hija de Casares Quiroga, debía de ser hacia el 43.

—Creo que mi madre era amiga de María Casares y que tal vez gracias a ella se relacionó con Camus —aventuro.

—Yo era amiga de la criada de la Casares —aclara; en un tono un poco impertinente—. Los domingos nos reuníamos en un bar de Pigalle con otras refugiadas; un día aparecieron los dos, Camus y María. Llevaban la revista debajo de los abrigos para repartirla. Nosotras les ayudamos. A partir de aquel día repartí *Combat* en los cines, en los mercados, donde podía. Era muy arriesgado, si los alemanes te cogían te deportaban a los campos, pero corríamos el riesgo, éramos resistentes. Lo hicimos hasta que los tanques entraron en París. Camus era encantador, me fui a la cama con él en cuanto me lo pidió. Imagino que no os escandalizo... Yo también fui joven y guapa... Supongo que lo compartí con muchas otras, pero a mí eso nunca me ha importado. Mi moral me lo permite. Nosotros defendíamos el amor libre y atacábamos la propiedad privada. Entonces él no era tan importante, nunca se me hubiera pasado por la cabeza que follaba con un futuro premio Nobel, os lo aseguro. Tenía, eso sí, mucho cuidado de no quedarme preñada y él, me acuerdo como si fuera ahora, decía que no quería tener hijos.

—Los tuvo —preciso—, al menos dos, gemelos, de su segundo matrimonio...

Armonía no dice nada. Se sirve más infusión y eructa sin disimulo, quizá a propósito.

—¿Seguiste manteniendo relaciones con Camus?, quiero decir si le continuaste viendo después de la guerra... —pregunta Margot.

—No, solamente le vi una vez con motivo de un mitin, en el 51. No me reconoció hasta que le dije quién era, entonces sí, entonces venga a abrazarme y a decirme *ma petite* Armonía arriba y *ma petite* Armonía abajo, él siempre me llamaba así.

—Me parece que todas erais *ma petite* para él —suelto con una insolencia que apenas puedo controlar.

—A mí me han dicho muchas cosas y cosas muy bonitas, «pequeña ardilla, zorrita bella, yema de huevo, jirafa preciosa», tal vez porque tenía el cuello largo.

La conversación degenera en los apelativos amatorios con los que las tres docenas de tipos que Armonía «se pasó por la piedra», son sus palabras textuales, la habían llamado.

De regreso a Toulouse, Margot me comenta que nunca había visto a Armonía tan desinhibida ni tan charlatana. «Tal vez me lo ha dedicado», le digo. «Ni ella ni Liberto pueden admitir que yo, con mi insignificante aire pequeñoburgués, tenga que ver con un personaje tan heroico como Camus.»

Igual que me había sucedido en todos los demás viajes emprendidos a la búsqueda de noticias de mi madre volvía a casa con elementos nuevos que, en lugar de ayudarme a clarificar la historia de Cecilia y la causa de su muerte, lo complicaban todo aún más, enredando los hilos de la enmarañada madeja.

Me arrepentía de haberme entrevistado con Armonía González porque ella más que nadie había abierto un interrogante doloroso en torno a la figura de mi padre, un interrogante que, por más que intentaba alejar de mis pensamientos, comparecía para mantener sus garfios clavados sobre mi carne.

Llegué a Portbou, como usted sabe, siguiendo el rastro de Cecilia Balaguer y, tal vez aún más, el dejado por el hombre que me dio las cartas. La única pista, después de cometer la gran equivocación, el inmenso error de romper la tarjeta, sigue siendo el billete de tren Portbou-Barcelona que encontré dentro de la carpeta. A pesar de que tenía el presentimiento de que el azar me sería benévolo si yo propiciaba la circunstancia, no he vuelto a verle. Por eso ahora le busco también a través de este libro. Tal vez si me lee, tratará de ponerse en contacto conmigo y podré saber, finalmente, de dónde sacó las cartas, quién se las dio, cómo descubrió que soy hija de Cecilia.

Las cartas de mi madre, ya me he referido a ello, no van firmadas más que con su nombre, a veces con su inicial, y yo únicamente uso el apellido de mi padre —o de quien se comportó como si lo fuera—. Mi apellido materno no aparece nunca, ni siquiera en los títulos de crédito de los libros, porque al empezar a escribir el editor me aconsejó que usara sólo uno, y así lo he hecho a lo largo de veinte años. Sin embargo, aunque deseo saber cómo se enteró de nuestro parentesco no es eso lo que más me interesa. Lo que trato de indagar con todas mis fuerzas es si mi madre fue un agente doble, por qué la mataron, quién dio la orden. Y sobre todo si la paternidad aludida en la carta es cierta.

Si todo lo que quisiera preguntarle al desconocido que me dio las cartas formase parte exclusiva de los ingredientes de la trama de una novela, a estas alturas ya habría atado todos los cabos, recogiendo los hilos esparcidos aquí y allá, para tejer la tela que me permitiera, sin engañar a los lectores, sin guardarme ninguna carta escondida, conducir la acción hacia un final congruente, quizá inesperado, pero del todo verosímil.

Si la historia de Cecilia Balaguer no tuviera nada que ver conmigo, si lo escrito, en vez de pertenecer a la realidad pura y dura, fuera un invento, si no hiciera referencia directa a mi vida, créame que hubiera escogido mejor los elementos con que configurar la personalidad de los personajes para dotarlos de una coherencia que, a menudo, aunque parezca extraño, sólo les confiere la ficción.

Si Cecilia Balaguer no fuera mi madre, si sólo fuera la madre de la narradora de este relato, si ésta y yo no coincidiéramos también al margen de estas páginas, puedo garantizarle que la habría caracterizado de manera más heroica. Estoy segura de compartir con usted el mismo rechazo por los traidores y ella, a pesar de que quizá tenía justificaciones para traicionar, lo es. Por eso ni siquiera hubiera apuntado la posibilidad de un doble juego y nunca hubiera permitido que Bertrán y Musitu o Ungría frecuentasen la tertulia de Esther Brugada al mismo tiempo que Cecilia, ya que posiblemente fue allí donde trabaron relación y, sabiendo que ella iba y venía de Francia con frecuencia, la persuadieron o quién sabe si la obligaron a que se pusiera a su servicio.

Si Cecilia Balaguer fuera sólo la protagonista de una novela y no mi madre, no le hubiera permitido que asistiera a la fiesta, o más concretamente a la cena, ofrecida por el marqués de Castell-Florite, presidente de la Diputación de Barcelona, en honor a Franco cuando éste visitó la ciudad, en octubre del 57, ya que por dignidad —dijera lo que dijera Rosa Montalbán sobre su obligación de disimular—, se tenía que haber puesto enferma de repente si no era capaz de negarse a ir. Pero mi madre acompañó a su marido, supongo que sin hacerse de rogar, a la recepción del Palacio de San Jaime y yo no tengo más remedio que consignarlo, porque tal vez el hecho ayude a esclarecer que, en efecto, Cecilia hacía un doble juego, que la habían invitado no sólo porque su marido llevaba negocios con los capitostes locales del Régimen, sino también porque ella trabajaba para los Servicios de Información de la Dictadura con probada eficacia y eso era una manera tácita de reconocer sus méritos. A estas alturas, creo que ya estoy capacitada para aceptar cualquier cosa. Sólo me importa que sea comprobable, demostrable con datos que me garanticen su credibilidad. Por eso no he querido ocultarle nada, porque si, en efecto, usted conoció a una Cecilia Balaguer que trabajaba para los Servicios Secretos del franquismo o encuentra su nombre en algún archivo, lo tenga en cuenta y me lo haga saber.

Si Cecilia Balaguer fuera un personaje de novela, no le hubiera dado como padre un político de Esquerra Republicana, sino un anarquista. Ese nexo familiar ofrecería mayor coherencia a su vinculación con los maquis, una vinculación que, en el caso de mi madre, de la Cecilia Balaguer de carne y hueso, presenta fisuras. No sé qué ni quién pudo inducirla a ayudar a los militantes de la CNT, cuya ideología nada tiene que ver con los principios de orden del partido de su padre y tampoco con los principios burgueses de su manera de ser. La amistad con Vergés no me parece suficiente, no me basta. Tiene que haber alguna otra causa que se me escapa, una causa que desconozco.

Si Cecilia fuera sólo un personaje de mi invención, hubiera descrito la escena en la que se encuentra junto con María Casares y otros amigos en casa de su compatriota José Ester, donde un grupo de resistentes españoles refugiados en París suele reunirse con militantes antifascistas, deseosos de contribuir a la caída del Régimen... Estamos en 1949, en un atardecer casi de invierno. Cecilia lleva un sombrero escaso, de moda, y un abrigo azul, que no se ha quitado porque tiene frío. Forma parte del ajuar de novia que su marido le ha regalado. Sabe que le sienta bien, que la gente, en la calle, se vuelve para mirarla, pero aquí nota que está fuera de lugar. Las pocas mujeres que hay visten de manera informal, con jerséis y faldas oscuras y no llevan tacones altos como ella. Un poco avergonzada, se sienta en el extremo de la silla y fuma sin parar, pinzando con fuerza el cigarrillo, como si se tratara de la muleta que le permitiera aguantar el equilibrio de la situación. Sabe que, a pesar de estar callada y de permanecer casi aparte, llama la atención. Sabe que los hombres la miran. Sabe que hace la competencia a María Casares, es más alta y más guapa que la diva, y sabe también que en cuanto acaben las intervenciones —están preparando un acto de ayuda a la República española en el que han de tomar parte representantes del mundo intelectual parisién—, cuando se hayan puesto de acuerdo en la organización, en la conveniencia de que hablen unos u otros, en las fuentes de financiación, tendrá que quitárselos de encima como tábanos que acudieran al festín de una res muerta. Sólo uno no la ha mirado ni una vez. Moreno, de ojos oscuros, frente ancha, lleva el pelo peinado hacia atrás, viste pantalones grises y un jersey abierto, sobre una camisa de leñador. En cuanto comienza a hablar, magnetiza a todos, les imanta hacia su persona. Lo hace gesticulando con energía. Todos le tratan con una gran deferencia. Él y María Casares son las estrellas de la reunión. No se lo han presentado, pero le han dicho que estaría, que es el escritor francés que más les ayuda. Todavía no hace un año publicó en *Combat* un artículo contra Gabriel Marcel cuando éste se quejó de que situara en España su obra *État de Siège*. «España es una herida abierta que sólo podrá cerrarse cuando recupere la libertad. El caso de España nos muestra la evidencia terrible de que se puede tener razón, toda la razón sin que los demás lo tengan en cuenta, tener razón y ser vencidos.» Se lo ha oído repetir aquí mismo, no hace ni dos minutos y le han aplaudido. Ella no. Ella ha seguido fumando... Ojalá se haya dado cuenta, ojalá haya notado que ella no es como los demás, que no se deja impresionar como sus admiradores. Pero no, él no se ha fijado en ella, ni ahora ni antes y eso le hace aún más atractivo, porque ella, Cecilia, no puede consentir pasar inadvertida a sus ojos. Y al acabar, cuando los anfitriones ofrecen unos vasos de vino y los reunidos aprovechan para cambiarse de sitio, ella se le acerca para decirle que a su padre le encantan sus libros y que a través de María Casares le mandará *La peste,* su predilecto, para que se lo dedique. Entonces él, que a pesar de no haberla mirado ha evaluado perfectamente sus prestaciones, en cuestión de mujeres su olfato es extraordinario, le dice que tendrá mucho gusto en firmar el ejemplar de su padre, que no es necesario que se lo dé a María Casares, que le gusta andar y que irá a buscar el libro a donde ella le indique. Y quedan para el día siguiente.

Se encuentran y pasean mucho rato. Hablan de política y de literatura, de la situación española de la que ella puede brindarle noticias frescas, de los libros de él y, en particular, del que Cecilia le trae para pedirle un autógrafo. De repente empieza a nevar —hay que salpicar la escena con un poco de romanticismo meteorológico, conociendo a Cecilia la circunstancia favorecerá todavía más su enamoramiento repentino— y corren cogidos de la mano a refugiarse en un café. La voz se les vuelve cómplice en cuanto se refieren al médico, al protagonista de *La peste* —si es que hay uno, y no es la propia peste, o la ciudad de Orán—, al doctor Rieux, el personaje preferido de ambos. En eso Cecilia coincide también con su padre, el diputado Pere Balaguer, luchador antifascista, exiliado a consecuencia de sus ideas republicanas, le dice ella, para quien Rieux representa el coraje, la capacidad de ser persona, de sobreponerse a las circunstancias y estar a su altura.

Cuando se despiden él le promete que la llamará muy pronto para llevarla a cenar, que prescindirá de un compromiso que tiene el viernes. Conoce un restaurante pequeño y muy bueno. ¿Le gusta bailar? A partir de las doce el sitio se transforma en boîte. Pasarán una velada muy agradable. Ya lo verá. Se lo promete con una sonrisa que le sale del alma, al menos de la mitad del alma, de su alma española, como le gusta asegurar, quizá para justificar en la herencia materna su comportamiento apasionado, su necesidad permanente de seducción. «Pero ¿qué puedo hacer yo si todas las mujeres del mundo se enamoran de mí?», llegó a escribir. Cecilia no será una excepción. Cuando él le besa la palma de la mano, ella teme que note con qué fuerza desacostumbrada le late la sangre en el pulso. Tiembla de la cabeza a los pies.

La razón por la que mi madre ayudó al movimiento anarquista podría tener que ver con su enamoramiento de Camus en 1949. A ese año pertenece la fecha de la carta más antigua que conservo, aunque tal vez se conocieran de antes, puede que él fuera aquel novio del que me habló Rosa Montalbán. Anoto la posibilidad porque me cuesta imaginar que sólo un año después de casarse iniciara otra relación y lo hiciera con la intensidad que demuestran las cartas. Está claro que el matrimonio no ofrece ninguna póliza de seguro de antienamoramiento y más aún si el suyo fue un matrimonio de conveniencia. Quién sabe si Cecilia se casó para acabar con la vida miserable de la Barcelona de la posguerra, para salir de la casa triste y helada que la tía Anselma compartía con sus dos cuñadas viejas y beatas, o pensando en su padre, para ayudarle. Una justificación, esta última, con que seguramente trató de con-

vencer a su amante cuando le confesó que su marido era
una persona adicta al Régimen de Franco, que él comba-
tía de manera tan generosa.

Si la entidad de Cecilia sólo estuviera hecha de palabras, podría dar por válidas las que acabo de utilizar. No
es en absoluto inverosímil que conociera a Camus en París, en los ambientes de los republicanos españoles y que
decidiera ayudar a los resistentes antifranquistas porque de
esa manera se sentía aún más cerca de su amante. Sin embargo no puedo olvidar que me estoy moviendo en el terreno de las suposiciones, que la historia de Cecilia Balaguer
está llena de vacíos y de oscuridad.

Si esto fuera una novela, a estas alturas sabría muy
bien cómo acabarla y lo habría hecho escogiendo el final
más coherente. Descartado el suicidio de Cecilia Balaguer,
que parece que murió sin tener noticia del accidente que
le costó la vida a su amante —a pesar de que acabo de enterarme de que la radio, que sólo emitía música clásica a
causa de una huelga, sí que la difundió, según me informa muy amablemente Maria Camí, después de consultar
los archivos radiofónicos parisinos—, me inclino a pensar
que la suya no fue una muerte accidental, que la mataron, tal y como apunta el sobrino de Juan Pérez, fiándose
del testimonio de su tío. Pero el encargo no lo recibió del
comité de Toulouse, ni fue en venganza por la muerte de
Sabaté, ni la orden la dieron los Servicios Secretos de Franco, sino el marido de Cecilia.

Si esto fuera una novela no dudaría en culparle a él,
él fue quien maquinó deshacerse de su mujer a la que tanto
había amado después de darse cuenta de que ella le engañaba, que ella le era infiel, que los viajes a París le servían
de excusa para encontrarse con su amante, que el dinero de

las antigüedades que él exportaba, con los papeles en regla o falsificados, servía para contribuir a la lucha antifascista, que también en este asunto le tomaba el pelo.

La venganza es un plato que se sirve frío, aseguraba Shakespeare. El marido de Cecilia esperó más de diez años desde la primera sospecha. Durante ese tiempo pudo ir almacenando pruebas de todo tipo. Mandó que la siguieran y fue informado punto por punto de todos sus pasos. Supo que había ido a Avignon y no a París y allí decidió castigarla por todo el daño que le había hecho. No le resultó difícil entrar en relación con mafiosos que, por dinero, fueran capaces de cometer el crimen, bajo apariencia de accidente o suicidio.

Pero no, ésta es una conclusión que no puedo tolerar. El marido de Cecilia era mi padre, o por lo menos quien se portó conmigo como un padre, y el afecto que le tenía, que le tengo, me impide aceptar su culpabilidad. No, no puedo admitir que fuera él quien pagara al sicario de Pérez, él no, de ninguna manera. ¿Para quién trabajaba Pérez? ¿A quién podía interesar la muerte de mi madre? ¿Quién dio la orden de eliminarla y a qué móvil o móviles obedecía el hecho?

A estas alturas debo confesarle que no descarto ninguna posibilidad, pero tampoco me siento capaz de optar por una en concreto. Necesito más datos, datos fiables y contrastados que me permitan basar mis hipótesis en argumentos de peso y lo mismo me ocurre con respecto a las cartas. Saber qué procedencia tienen y qué se propone quien me las ha hecho llegar me es imprescindible para tratar de averiguar de quién soy hija. Todo me hace pensar que la correspondencia de mi madre obraba en poder de su amante en el momento de la muerte de éste, y si, como sospecho, era Camus, la última carta, la que está fechada en Portbou podía haber sido encontrada entre sus pertenencias, en su bolsillo, o en el portafolio que había en el maletero del coche, entre sus papeles que quedaron esparcidos en medio del barro después del accidente. Todo fue recogido y custodiado por los gendarmes para evitar a los cazadores de recuerdos ajenos y entregado luego a la secretaria. Es probable que mi madre le diera en mano a Albert esta última carta cuando se vieron también por última vez en Avignon. Pero quizá me equivoco y la carta llegó más tarde, cuando Camus ya había muerto y Suzanne Agnely la archivó con las que estaban en el despacho del escritor, tras comprobar su procedencia. Cuentan los biógrafos que también Suzanne —a la que Camus llamaba La Cierva, puesto que su apellido de soltera, Labiche, significa eso— estaba enamorada de Camus y se quejaba a menudo de las situaciones comprometidas en las que se veía envuelta por culpa de las mujeres del escritor, a las que era absolutamente necesario mantener separadas, alejadas y en la inopia las unas de las otras.

Consta que fue la secretaria, a quien no he podido dirigirme porque murió, la que se encargó de clasificar los papeles de Camus, separando los que tenían entidad literaria de los personales, entre los que aparecieron muchas cartas. Parece ser, por lo que he podido averiguar, que las privadas, diversas de amor, como las de mi madre, fueron devueltas a quienes las habían enviado. De esa manera la secretaria trataba de evitar que Francine Faure tuviera constancia expresa de las infidelidades de su marido, añadiendo aún más dolor al producido por su muerte.

Si las cartas de Cecilia Balaguer fueron devueltas al remitente, es probable que la dirección que figuraba en los sobres no fuera la suya sino la de cualquier persona amiga, alguien que encubría su relación. ¿Quién era? Lo desconozco. Tal vez quien me las ha hecho llegar. Sé que en buena medida soy responsable de tanta ignorancia, si no hubiera roto la tarjeta estoy casi segura de que, a estas alturas, no solicitaría una vez más su colaboración.

Más que nunca le ruego que me ayude no sólo por lo que le he contado hasta aquí sino por lo que le añadiré a continuación: hace poco recibí un correo electrónico de la profesora Delvaux, en el que me confirmaba los seudónimos utilizados por Camus, tal y como yo le había pedido. Quería comprobar hasta qué punto uno de los que recoge Todd en su libro, que me había pasado por alto cuando lo leí, el de Antar, lo usó con asiduidad. Y en efecto, Antar es el seudónimo empleado para firmar varios artículos del diario *Alger Républicain,* igual que Suetonio y Jean Meursault. Aunque no sólo utiliza éstos sino también Antoine Bailly, en unos textos humorísticos, y Vincent Capable, Demos, Irineu, Liber, Marco, Nerón, Petronio, Zacks, César Borgia en *Le Soir Républicain* y Suetonio otra vez en *Combat.*

En algunas de las cartas dirigidas a mi madre se le ordena que espíe a Antar, César Borgia y Nerón. Los nombres coinciden con los utilizados por Camus. Y el hecho me hace abrir los ojos hacia una nueva dirección. Me pregunto si mi madre, a partir de un momento determinado, cuando parece retomar su relación con Camus, inmediatamente después de la concesión del Premio Nobel, no trató de tenderle una trampa. Quizá se comprometió a pasar información sobre él y sus contactos republicanos a la policía española.

Si Cecilia Balaguer en vez de ser mi madre fuera la protagonista de una novela me permitiría suponer que al verse burlada, al darse cuenta de que ni siquiera el hecho de compartir un hijo servía para recuperar a su amante, muerta de despecho, decide vengarse cuando se le presenta la ocasión. Es entonces cuando acepta preparar un atentado contra Camus. No me parece desencaminada la idea de que alguien pusiera una bomba debajo del chasis del coche de Michel Gallimard, que, según declaró un testigo, saltó en mil pedazos como si hubiera sido impulsado por una explosión. Una hipótesis que explicaría el accidente, sin tener que atribuírselo al exceso de velocidad, a un error humano o a un defecto mecánico. Quizá Juan Pérez fue el encargado de preparar el artefacto pagado por Cecilia Balaguer, de parte de los Servicios Secretos de España en combinación con la derecha francesa o con la izquierda radical o ambas a la vez. Pero lo que no sabía Cecilia era que también había una orden para terminar con ella de manera simétrica, en otro accidente. Quien había mandado eliminar a Camus contaba con la posibilidad de que los remordimientos pudieran hacerla confesar. Ciertamente sabía demasiado.

Cuanto usted ha leído fue escrito en Portbou, donde esperé en vano durante quince días el encuentro con la persona que me dio las cartas. Me instalé en un hotel abierto desde 1960, cuya dueña me decía, muy camusianamente, por cierto, «Así que usted vive de escribir lo primero que se le pasa por la cabeza».

Desde mi habitación, que no daba al mar sino a la parte de atrás, se veía la iglesia, tan inmensa y tan poco acogedora como la estación, por donde solía pasearme. El tránsito de trenes es todavía abundante en Portbou pero, desde que se suprimieron las aduanas, desde que somos europeos, desde que no hay fronteras, la estación ha perdido gran parte de su antiguo prestigio internacional y el pueblo, habitantes. Por eso algunos malpensados aseguran que en el ayuntamiento no dan de baja a los difuntos, una práctica que convierte en fantasmas a buena parte de la población.

No sé si Walter Benjamin pasó la última noche de su vida en el mismo hotel que mi madre, pero me gusta imaginar esa posibilidad. Parece ser que Benjamin se hospedó en el Hotel de Francia, que ya no existe. Muchas tardes, después de recorrer de un extremo a otro la pequeña playa, tomaba el camino que conduce al monumento dedicado a la memoria del gran escritor judío. Bajaba los ciento veinte escalones, que nos precipitarían al mar si un cristal no lo impidiera, y me sentaba junto a una pequeña lápida cuya inscripción me aprendí de memoria: «Es un trabajo mucho más arduo honrar la memoria de los seres anónimos que la de las personas célebres. La construcción histórica debe consagrarse a la memoria de los que no tienen voz».

Cecilia Balaguer, pese a ser, si es que lo fue, una agente doble, no la tuvo. Sí, su presunto amante, Albert Camus, de quien tal vez soy hija. Pero la hipótesis en la que creo necesita verificaciones que debo encontrar. Mi cuñada me insta a que hable con los hijos de Camus, les enseñe las cartas y pida una prueba de paternidad. Pero yo me resisto por ahora. ¿En nombre de qué tendría que hacerlo? ¿De unas afirmaciones que bien pudieran ser falsas pese a la autenticidad de las cartas? Me repugna que alguien llegue siquiera a sospechar que tengo el síndrome de Anastasia o que me impulsan intereses exhibicionistas o mercantiles. Por eso esperaré hasta averiguar quién me mandó las cartas, y por qué lo hizo precisamente aquel 23 de abril de 2001, cuando yo acababa de asegurar que no escribiría más o que, si escribía, no volvería a publicar, en respuesta al papanatismo que domina la literatura o, mejor dicho, a la necia vulgaridad en que está sumido el mundo editorial. Hasta que no descubra quién es no podré contestarme, pero me gusta pensar que el hecho no fue casual, que las cartas llegaron en aquel momento porque quien las envió sabía que me sentía estéril y vacía. Quizá sospechó que la necesidad de buscar mi verdadera identidad me impulsaría a escribir de nuevo. Es cierto que me hundió en un pozo, pero no lo es menos que me sacó de otro.

Puede que quien me remitió las cartas sintiera por Cecilia Balaguer un remoto afecto. Quizá cumpliera con la promesa, hecha a mi madre, de devolverme sus pertenencias, de las que sólo quedan unos cuantos pliegos y unas pocas fotografías. Sea quien sea Luis G. —¡ojalá que este escrito me ayude a encontrarle!—, quizá sólo pretendiera salvar a Cecilia del olvido. Intuía que las cartas me llevarían a perpetuar su memoria prolongando su existencia con mis recuerdos. No sé si suponía también que yo habría de pedir su ayuda para poder completar la historia de Cecilia Balaguer y la mía propia, ni hasta qué punto estas páginas sólo adquirirán sentido si cuentan con su colaboración. De ella dependo. Se lo puedo, te lo puedo asegurar.

Por el cielo y más allá
CARME RIERA